*Na escuridão,
amanhã*

Na escuridão, amanhã
ROGÉRIO PEREIRA

2ª EDIÇÃO

Porto Alegre · São Paulo · 2023

Para Zulma e José

na hora de pôr a mesa éramos cinco:
o meu pai, a minha mãe, as minhas irmãs
e eu. depois, a minha irmã mais velha
casou-se. depois, a minha irmã mais nova
casou-se. depois, o meu pai morreu. hoje
na hora de pôr a mesa, somos cinco,
menos a minha irmã mais velha que está
na casa dela, menos a minha irmã mais
nova que está na casa dela, menos o meu
pai, menos a minha mãe viúva. cada um
deles é um lugar vazio nesta mesa onde
como sozinho. mas irão estar sempre aqui.
na hora de pôr a mesa, seremos sempre cinco.
enquanto um de nós estiver vivo, seremos
sempre cinco.

JOSÉ LUÍS PEIXOTO, *A criança em ruínas*

Ninguém pode explicar exatamente o que acontece
dentro de nós quando se escancaram as portas
atrás das quais estão escondidos os nossos temores
da infância.

W. G. SEBALD, *Austerlitz*

Atravessei a fronteira, mãe. Não retornarei. Sei que é impiedoso, covarde, dizer-lhe: prefiro a guerra, os tiros, o estrondo frio da morte, os corpos despedaçados, os mortos amontoados, a esta nossa família; ou tua, ou dele. Pouco importa de quem seja esta família, este ensaio malsucedido de agrupamento. Você não é culpada. O pai nos levou até aí. Nunca nos perguntou nada, nunca nos ouviu. Sempre fomos marionetes na mão dele, ventríloquos mudos à porta do inferno. Ele nos moldou todos num barro ruim, num barro que não dava liga, não grudava. Aos poucos só podia acontecer: ruímos. Nossas pilastras se despedaçaram. Não havia sustentação. A nossa casa era a de palha. Veio abaixo pelas nossas fraquezas e silêncios. E pelo pecado. Deveríamos tê-lo enfrentado. Uma única vez.

Seria diferente? Duvido. Ele sempre foi um tirano dos mais ordinários. Um tirano que nos obrigava a chamá-lo de "pai". O que é um pai? Nunca saberemos. Mas agora não adianta inundar as entranhas com o veneno da maledicência. Não retornarei. Ele nos carregou para o meio do inferno. Até parecia querer testar a maldição do nosso nascimento. Lembra da avó, mãe desse homem que nos gerou, a dizer que éramos diabinhos? Lembra, mãe? Sim, somos filhos do demônio. Diabinhos à espera de uma salvação. Por onde andará aquela velha infeliz? Apodreceu? Sempre que a vejo, com meus olhos de ira e tempestades, encontro você, mãe, chorando. Um choro de criança, espremido entre os dedos grossos, a boca desdentada, naquela tapera de chão batido. Você, recém-casada com quem depositaria no vazio do teu corpo a brasa do pecado. Então, um a um, nascemos amaldiçoados a esperar a nossa perdição. Coisa ruim de lembrar. Mas agora estou em paz. Não regressarei. Talvez eu morra nesta guerra. Talvez não. De qualquer maneira, não voltarei. Nem mesmo num caixão. Quero ficar aqui, desintegrar nesta terra. Meu corpo na terra estrangeira não terá o teu choro. Não terá choro algum, apenas a indiferença da morte. Quantos éramos? Cinco, seis, uma dezena? Jamais saberemos. Fomos diminuindo, virando pó. Lembro da irmã. Morreu novinha. Como é fácil desaparecer! Desaparecemos todos. Faltam poucos. Logo, não seremos nada. Não haverá olhos para ver as poucas fotografias. Não haverá lamentos nem recorda-

ções. Nossos mortos nunca tiveram herança. Você nos amou a todos. Nós nunca retribuímos. Não existe amor assim. Nunca dividimos nada. Nunca.

1.
Nossa casa é um útero seco. E o demônio tenta habitá-lo. Somos três na única fotografia da infância. Já não me lembro dos demais. Éramos eu, minha irmã e meu irmão. Nascemos ali; morremos todos ali. Os olhares são diferentes. Ninguém sorri. Herdamos da mãe a timidez da boca. Do pai, quase nada. Minha irmã, de olhos arregalados, parece adivinhar que a vida logo desapareceria. De onde somos naquela breve manhã? Ao fundo, o portão balança, range na quietude da casa. O pó entra volumoso pelos vãos largos das tábuas, sem resistência, acomoda-se nos móveis para nunca mais ir embora. Convivíamos bem com a poeira e com a vontade do pai de partir, abandonar aquela terra. A mãe deixava o pó, penso agora, para criar um aspecto

de abandono, de coisa velha, esquecida, indesejada. Estava se acostumando às perdas. Um dia, partimos na cabine do velho caminhão em direção a C. Nunca mais voltamos. Perdemos um mundo pequeno, reduzido, onde cabíamos. Ganhamos uma cidade e a sensação de que ela nunca acaba.

Quando chegamos, o caminhão cortou lentamente o asfalto na manhã de neblina. Passou por prédios cujas janelas despontavam ao alcance de Deus. Não conseguia tirar os olhos do céu e seus prédios — a cidade crescia para cima, quando eu achava que deveria se expandir para os lados, feito as plantações de milho. Depois de infindáveis voltas — todas com certo prazer, apesar da cansativa viagem na apertada cabine —, o caminhão começou a reduzir a velocidade e a descer por entre árvores na estrada pedregosa. Solavancos anunciavam o nosso paradeiro. No fim da curta rua, a casa de madeira, com telhado envelhecido e uma imensidão de mundo ao seu redor. A nova morada fora feita para nós — o silêncio estava em cada azaleia, em cada samambaia. O pai, enfim, encontrara nosso túmulo: uma chácara de flores, onde o trabalho nos esperava.

Havia pouco para carregar. Na carroceria, a esquálida mudança: a mesa, as cadeiras, o armário, as três camas, o guarda-roupa, o fogão a lenha, a louça e as panelas. Nós na cabine: o motorista, a mãe e os três filhos. O pai nos esperava em C. "É longe, mãe?" A pergunta perde-se no silêncio da resposta. Era necessário se acostumar — aos poucos as palavras se transformariam em incômodo. O pai decidira tudo, traçara o plano. Era preciso ir embora, desbravar o mundo, descobrir abismos, ampliar o terreiro, os limites que nos abrigavam. Deixávamos para trás galinhas, porcos, o milharal, o açude e o mato recheado de jabuticabeiras.

Quando o pai disse que iríamos embora, que precisávamos partir, que a vida era mais além, a mãe silenciou, baixou a cabeça e evitou nos encarar. Ela nunca dizia nada. Transformava a raiva em tapas pesados, a tristeza em choro. O plano era simples: o pai iria à frente, encontraria um lugar para morarmos e, em seguida, partiríamos todos.

O caminhão contornou o açude, passou pelo chiqueiro e parou diante da casa. Com rapidez, o motorista e a mãe empilharam tudo na carroceria. Logo outra família roubaria nossas lembranças. Ali não nos restava mais nada. Teríamos de aprender a ler e escrever, a cavar uma terra de papel, a semear palavras e a dissimular a vontade de retornar.

A mão de Deus é pequena para amparar tanto pecado, pai. A mãe lia a Bíblia para nós. Noite após noite, a leitura lenta, arrastada, demorada. Ela buscava em Deus as palavras que não encontrara na escola. As distâncias indecentes até a escola e a maldade da avó a levaram para longe de tudo. Nós à sua volta, enquanto você, cansado do dia, ressonava no quarto. Tentávamos ignorá-lo, mas era impossível. Você sempre dava um jeito de se infiltrar em nós, de nos incomodar, de dizer "estou aqui". A tua presença, pai, nunca nos deixará. Da boca da mãe, aquela boca artificial, o lamento incompreensível de Deus povoava o nosso sono. E depois, na cama, a reza nos acompanhava. O irmão fingia uma fé que nunca me alcançou. Ele, sempre medroso, balbuciou cada palavra sagrada até o dia em que descobriu o corpo. A fé da mãe perdeu fácil para as carícias nefastas que nos rondavam a virilha. A mãe sabia que nunca a seguiríamos. Nossos passos eram muito mais lentos que os dela em direção ao Céu. Ambicionava apenas não perder a batalha diária. Não queria nos entregar no mármore ordinário, mesmo sabendo do medo que nos acompanhava desde a chegada a C. Por que esta cidade? A leitura vagarosa, a contar palavras, a buscar significados, invade meus ouvidos. É um zunir eterno, indestrutível. Ontem, uma bomba estourou aqui perto. Enquanto o menino que pisou na mina perdia as pernas, a mãe dizia: "Em estado de fraqueza, desassossego e temor". Desassossego e temor, pai. Palavras que estão dentro de mim, que me espetam, ferem órgãos vitais e me guiam rumo ao fim. Temor de você, pai. Do que você foi capaz de fazer com ela, com aquela menininha que eu balançava no cesto preso às vigas da casa. Aquela menininha, tua filha, minha irmã, pai. Como acreditar, como crer no Deus da mãe? No Deus misericordioso, se Ele nos mandou o demônio para cuidar do seu rebanho? Aqui, rezo toda noite. Não acredito. Não consigo acreditar. Rezo para ter a mãe ao meu lado. Balbucio as rezas da infância, misturo frases, recolho trechos da Bíblia e adormeço com o hálito da mãe, sua leitura precária me acariciando na escuridão. Mas quando durmo, pai, é você que me faz companhia, é a tua mão lasciva que me percorre, perscruta o meu sexo, afaga meus cabelos, envolve-me num abraço de amante. Teu falo ereto é um cão que vigia o meu sono. Na solidão da noite, meu corpo ganha seios, pequenos seios a me ferir as costelas. Eu sou ela. Tento escapar de você. Não consigo. Me entrego. Tuas mãos ardem em mim, me arrastam em direção a você. Sinto a tua fúria a me estraçalhar inteiro. Por quê, pai?

2.
A mãe começou a morrer pela boca. Uma sombra descia de olhos baixos por entre as flores que ladeavam a estreita rua de pedras. Nós corríamos a infância no terreiro esburacado. Não notávamos nada. A indiferença infantil só tinha olhos para a bola de plástico e os carrinhos improvisados. De tempos em tempos, ela nos deixava sozinhos. Voltava horas depois. Estava mais vazia. Não sabíamos que murchava feito as flores que esquecíamos de regar nos dias de calor. Dia após dia, lhe enfiaram anestesias, brocas, ferros, amargura. Nós corríamos, corríamos, corríamos. Ela esvaziava. Naquela tarde, notamos.

(Observo os dentes no espelho. São brancos. Falta-me um no fundo, perdido após inúmeras tentativas. Não teve salvação naquela primeira vez na cadeira do dentista, já na adolescência. Antes disso, bastava-nos correr. Nunca nos preocupamos com os dentes. Eles, um dia, seriam uma floresta após a queimada. Éramos animais. Aos animais bastam água e comida.)

Na chácara, os dentes da mãe começaram a perder a brancura. De uma noite para outra, escureceram, morreram. A boca toda negra. Seu sorriso, que aos poucos desaparecera por completo, tornara-se tímido, até sumir entre avencas, samambaias e azaleias. Até o dia em que todos se foram. Aquilo cavoucou em mim uma imensa pena da mãe. Ela voltara menor: boca lisa em corpo de mãos ásperas. Uma terra devastada. Ao fundo, as flores. O sorriso morreu para sempre quando a dentadura entrou-lhe no corpo. Não tinha mais motivos para sorrir. Não mais sorriu, como vemos agora nas poucas fotografias.

Você não sabe, mas a mãe me contou. Sou o mais velho. Tenho alguns direitos. Ela me puxou com aquelas mãos que ainda sinto me apertando, embalando meu sono. Contou-me tudo. Na boca da mãe, as palavras quase sempre se transformam em desespero. Represadas, às vezes jorram em golfadas feito o vômito do avô, despencando para outra morte. Ela precisa expulsá-las, mas como tem vergonha! A vida da mãe é feita de vergonhas. Ela carrega as tuas vergonhas na escuridão do corpo profanado, nas profundezas apodrecidas. Sabia disso? Impossível não saber. Você fez. É o responsável por toda a nossa desgraça. Eu nasci. Estou aqui te escrevendo, fincando minhas unhas na tua ausência. Eu sou a tua vingança e o teu consolo. Posso morrer a qualquer momento nesta guerra que desconheço, mas vou te assombrar. Prometo. O horror! O horror, pai. Você me atirou, despejou-me na barriga da mãe. Agora, eu sei como. Eu sei tudo. Ela não queria, não é mesmo? Ela nunca quis. Lutou para não abrir as pernas, entregar a carne para a tua ferocidade, animal insaciável. E na fenda da madeira verde, o teu machado a talhar o pórtico do inferno. Às vezes, acho que a avó tinha razão: sou uma maldição escorrendo pelo mundo, um diabinho saltitante à espera do teu abraço eterno. A tua maldição, carne do teu pecado, resto do teu corpo. Ela me disse que resistiu até o limite, mas você não desistiu. Você nunca desiste quando pulsa a possibilidade do gozo. É dela a cicatriz que você carrega no rosto. Animal marcado pelo pecado. Um fraco. Atacou-a na escuridão. Ela confiava em você. Disse que se casaria, mas não podia se entregar antes da bênção de Deus. Você conhecia a mãe. Deus sempre foi mais importante. Tenho pena dela descobrir que só existem abandono e esquecimento. Será possível sobreviver à ausência de Deus?

3.
Não sei por que a foto na estante me chamou tanto a atenção. Conheci-a ao remexer em velhos papéis empilhados sobre o guarda-roupa. Ali, fotos de um tempo que se perdera para sempre. Ou que nunca existira. Meus ancestrais maternos fazem pose de vencedores, acomodados em troncos de árvores, sobre a terra que logo lhes serviria de túmulo. O sorriso forçado ou ingênuo de quem desconfia de que apenas sobreviveria, de que a terra os engoliria. Sem pena ou remorso. Chapéus velhos e roupas gastas tentam dar alguma dignidade à imagem. Nela, minha mãe é uma criança. Nesta sobre a estante aqui em C., uma jovem bonita, de carnes firmes e pernas fortes. Ela e a irmã, lado a lado. O capim roça-lhes os tornozelos.

Nada disfarça o fim do mundo. Não carregam nenhum demônio no útero. Ambas ainda têm alguns dentes. Nenhuma delas sorri.

— Eu poderia ter lutado, tentado domesticá-lo. Não tive forças para encurtar as rédeas que o guiavam pelo pasto. Mas é possível domesticar um cavalo selvagem, filho? É possível?

— Não sei, mãe.

O cheiro das flores me causa náusea, pai. Em cada vinco da roupa, a lembrança da azaleia, da boca-de-leão, dos crisântemos amarelos, das rosas e até das insossas avencas. Na pele, o toque áspero das samambaias e do trigo seco enfiado nos arranjos natalinos. A grande ironia: os pinheirinhos de Natal eram carregados por nós ao encontro de algum Menino Jesus no alto dos apartamentos, nas mansões gigantescas, em sua manjedoura urbana. A tua mão pecadora acariciando a fé alheia. Já pensou nisso, pai, na heresia que foi a tua vida? Amaldiçoei cada Natal ao teu lado. Não queria estar ali. Nenhum de nós queria. Só você, saciado diante da nossa fraqueza. A mãe arrastava a longa mangueira pelos corredores das estufas. Feito pedintes, eu e o irmão seguíamos teus passos, desenroscando aquela serpente de plástico a bailar com a pança cheia de água. O dia passava ligeiro. O trabalho nos consumia. Desejávamos a lentidão, a luz diurna. No início da noite, a tua companhia nos envolveria em escuridão. Nem o teu silêncio mastigando a janta, nem a indiferença do teu olhar apaziguava nosso temor. Da cama, ainda durante as rezas, ouvíamos o grunhido da mãe, pobre animal agonizante. Em seguida, o silêncio e o teu ronco potente. Nunca nos libertamos de você. No beliche, eu continuava, eternizava o teu pecado na palma da mão. No quarto ao lado, ela dormia em silêncio. O teu ronco embalava minha mão a balançar o cestinho. Tinha os cabelos bem fininhos e sorria na inocência da tarde. Ia e vinha. Sempre ao meu encontro. Quando cansava do movimento pendular, reduzia a velocidade. Ela me sorria. Eu a colocava no chão, à espera da volta de vocês. O irmão sempre naquele balaio às costas da mãe, feito um macaco contente. A vida nos parecia boa no isolamento daquele mundo quieto, quase estático, movendo-se na vagareza do nosso ritmo. O que seria de nós se tivéssemos ficado lá, pai? Eu não estaria aqui na loucura diária da morte. Disso tenho certeza. Mas era impossível. Aquela jaula era pequena demais para os teus passos de besta faminta. Era preciso fugir, escapar para C., onde é possível passar invisível. Lá você seria descoberto, não é mesmo?

4.
Agora, ao acordar, sempre a encontro debruçada no canto da mesa. Mede as ausências da casa. Pouco restou: a filha, a morte arrastou feito um papel de bala na enxurrada; o filho mais velho não está mais aqui; o marido é um espectro rondando a casa; eu sou apenas um cúmplice do silêncio.
  — Tudo foi tão rápido.
  — O quê, mãe?
  — Tudo.

A mãe é uma fruta há muito esquecida. Tem os olhos de seu pai, imensos e perdidos. Quando ele se dependurou na árvore, os olhos ficaram parados, cegos no azul da morte, medindo a infinita distância entre o chão e a sola dos pés. A mãe sufocou o suicídio na palma das mãos e chorou. Os dedos grossos são a herança do trabalho no machado, a cortar lenha para aquecer a antiga casa. Os nós engrossaram até se tornar os tentáculos que não conseguem abarcar o mundo — um mundo tão pequeno, mas infinito. Agora, catar feijão é sua sina, toda manhã. Não é necessário tanto feijão para tão poucos. No entanto, as mãos têm vontade própria. O cérebro já não se importa com quase nada. Olha-nos o relógio parado. O que dizem aqueles ponteiros estáticos? Medem-nos. Medem a nossa pequenez, os nossos gestos simétricos, para não ofender ainda mais o que apenas tenta resistir à espera. Esperamos pelas voltas dos ponteiros, mas elas não vêm, não chegam. O bom-dia sai como sempre: mudo. Agora que todos foram embora, a pedra sedimentada com o tempo na garganta se avolumou; em vão tenta estrangulá-la. Sabemos todos que seu tempo está marcado. As ausências são incapazes de secá-la muito mais. A fruta já perdeu todo o sumo, o viço. E não aduba o solo onde cai.

5.
Sento-me diante dela. Encho a xícara e observo os cantos da cozinha. A sujeira está em pequena vantagem na batalha diária. A mãe não levanta a cabeça e se fixa cada vez mais nos grãos de feijão. Os ciscos fazem um montinho na borda da toalha azulada. Lembro-me do avô que se enforcou numa árvore; não o vi, mas a imagem dos pés que não mais tocavam o chão ainda me arranha os ossos. Como será a morte adentrando o corpo? A carta deixada pouco explicou. Os curiosos ainda tiveram tempo de ver os pés balançando na solidão da corda. Nada mais. Será que nunca vamos conversar sobre essa nossa solidão? Teço as falas, mas elas não se solidificam. Acaricio as bordas da xícara e admiro os cabelos escorridos na testa da mãe. Nos sulcos no rosto

corre uma enxurrada incandescente, lenta, silenciosa e triste. Queria poder ler cada traço, cada história ali acumulada. Sei tantas, mas não conheço as que mais me interessam: as histórias da mãe. Os ciscos desejam rolar da mesa e entrar nas frestas do assoalho. Ainda não sei como dedos tão nodosos conseguem separar os restos do feijão. Deixe-o assim, implico, mas ela insiste que pelos menos o alimento deve ser puro e limpo na panela.

6.
Quando meu irmão aqui estava, eu sentava longe da mãe à mesa. Meu pai sempre à cabeceira, a mãe logo ao lado, diante de minha irmã; eu e meu irmão, frente a frente, sem nunca encarar o pai. Agora que todos partiram, continuo a sentar no mesmo lugar, contemplando as ausências.

Quem somos nós, pai? Debaixo do feno, a terra apodrecida, o gosto azedo, o cheiro ruim, quase insuportável. É dali que viemos: do berço infértil, da quentura do solo a gerar vermes. Quando chovia, o cheiro de podridão entrava pela janela, vindo da palha de feijão amontoada. A água da chuva não trazia a limpeza, a pureza. Escancarava nossas origens e deixava vazar o fedor dos nossos restos. Nossa origem vem da terra. Mas você a negou. Nos arrancou de lá. As raízes fracas facilitaram a nossa queda. Tombamos para sempre, sem possibilidade de retorno. A tua mão suada arrancou os últimos pés de feijão quando nos jogou na cabine daquele maldito caminhão. Deixamos tudo lá, principalmente nossa história e a certeza de que havia alguma chance. Mesmo criança, eu tinha certeza de que daria tudo errado em C. Cresci com a certeza da derrota. Quando não havia ninguém (você sempre foi um ausente) para chorar a morte da avó, perguntei: quem somos nós? Viemos daquele corpo esquelético, desenhado na fumaça do cigarro de palha e na bomba de chimarrão. Na cama do hospital, ela estava muito parecida conosco: um cadáver à espera de misericórdia. Era impossível o perdão. Melhor carregar o ódio a explodir. Poucas coisas na vida me fizeram tão bem quanto vê-la morrer, secar ao relento, abandonada, cachorro sem dono agonizando esmagado no meio-fio. Cheguei a acreditar em Deus. A mão misericordiosa Dele cumprira a sua vingança contra a inimiga declarada. De nada adianta. Não nos encontraremos mais. Nem ela, nem você estará novamente à minha frente. Ambos estão mortos? Onde está a avó? Onde está você? Onde estou eu?

7.
Eles chegaram numa manhã de chuva. A mãe já escolhia feijão. O irmão aninhou-se nos braços que o arrastaram. Não houve resistência. A mãe escondeu o rosto entre as mãos. Preparava-se para mais uma morte. Era apenas mais uma.

— Por quê?

Apenas a olhei em busca de uma resposta possível. Não a encontrei. Não podia dizer-lhe a verdade. Nunca tive muitas respostas.

A casa ficara ainda mais silenciosa.

As cartas enviadas pelo irmão encontravam somente um fantasma. As palavras nunca serão suficientes.

A mãe diz que a vida só existe com Deus. Você não acredita, não é mesmo? E se houver somente escuridão e silêncio? Teu pecado não será pecado. Teu crime não será crime. Seremos todos iguais — eu, você, a mãe — na inexistência da vida eterna. Cérbero não lamberá as tuas chagas. Não haverá condenação. Teu corpo lanhado não sofrerá penitência. A mão pesada de Deus não encontrará o teu pescoço para sufocá-lo numa segunda morte. Nada te afligirá. O teu flagelo não percorrerá a dor do inferno. E tudo será como agora: sem sentido. Não existirá o verbo para te condenar. No final, não será o verbo. Será o silêncio. E o desamparo. Todos imensamente iguais na inexistência. E tudo não passará de ilusão e vazio. Vivemos para morrer. E morreremos para nada. Quanta tristeza para a mãe, se a misericórdia acolhedora de Deus não a afagar no desconforto da morte, não a amparar na queda inevitável. Não saberá, é claro. Mas por que tanto rezar, tanto acreditar, tanta fé? Para que tudo isso, se o que nos espera é a indiferença eterna? Não é justo com a mãe. Para nós, tanto faz. Mas não com ela. Nem com você. O que será de você sem o inferno? Você pensa no castigo eterno, pai? Pensa no arder constante da tua carne pecadora? É isto que te move: a possibilidade da redenção? A tua condenação será viver eternamente na companhia da tua filha. Um rosto a te assombrar dizendo "não, pai; não, pai; não, por favor". E você babando diante da delicadeza, escorrendo desejo pela cara. A voz da tua filha dentro de você: "Não, pai; não, pai; não, por favor". Lá, do outro lado, não te espera o silêncio. Não posso acreditar que Deus faria isso com a mãe. "Jesus expelia um demônio que era mudo. Tendo saído, o mudo pôs-se a falar e a multidão ficou admirada." A tua descrença te move pelos dias, sombra muda desgraçada. Sempre zombou da mãe nos lendo a Bíblia, nos ensinando os passos de Deus. Não tinha coragem de abrir a boca zombeteira, mas as marcas da tua ironia nos enchiam de pavor. A mãe seguia em frente com a leitura lenta, deficitária, quase analfabeta. Era a única arma que tinha para combater o mal que nos rondava. Agora, quando tudo se encaminha para o fim, não há nada a fazer, apenas acreditar na fé da mãe. Talvez nunca saibamos quem ganhou a batalha. Talvez só haja perdedores. A mãe sem Deus. Você sem a tua condenação, sem a remissão dos teus pecados. Mas e se Deus estiver à tua espera, pai?

— Quando ele voltará? Tudo isso parece não ter fim. Meu filho, me diga alguma coisa, por favor.

8.
Compartilhávamos o calor na exígua cabine do caminhão. A longa viagem parecia infinita. Inquietos, observávamos tudo que, aos poucos, deixávamos para trás. Sob a ponte comprida, o rio volumoso corria lento. Dividíamos a excitação da novidade. O pai viera primeiro — um desbravador cego numa terra em que o talho da enxada e a boca de poucos dentes nada valiam. Em breve, teria de trocar a habilidade de cultivar a terra pela insanidade das ruas de C.

Não lembro muito bem de minha irmã naquele trajeto. Logo ela nos escaparia. Fomos incapazes de ampará-la. Nunca estivemos tão próximos como na viagem sem retorno. Não dividíamos palavras — um bafo de amanhecer por entre a neblina nos aquecia. Quietos e assustados, chegamos a C. após percorrer a distância de uma infância no meio do nada para outra de espantos.

Orgulhava-me vê-lo desenhar as letras na folha improvisada. Na sua ignorância, a mãe guiava-lhe os traços. Eu era incapaz. Um ano e meio nos separavam. O A saía-lhe redondo, bojudo, grávido de significados. Um grande futuro o esperava. Caminhamos juntos na manhã em que as aulas começaram. Ele com o A pulsando nos dedos; eu, movido pela curiosidade. "Obedeçam à professora", disse-nos a mãe, com um carinho que até então desconhecíamos.

Agora entendo o sentido que ele tenta dar às palavras, às cartas que envia ao pai. Tento resgatar aquela manhã em que seguimos lado a lado para a escola. O A de meu irmão não é mais redondo — um feto abortado, cujos significados são gigantescas sombras. Talvez isso explique por que na manhã chuvosa eles o arrastaram pelos braços. A mãe apenas observou.

Na foto, somente ele sorri. Tímido. Somos todos os cinco. Minha irmã fixa o olhar em uma lonjura indefinida. Logo ela não estará mais em nenhuma fotografia. Ao fundo, o altar da primeira comunhão. Santos e anjos nos observam. A mãe sempre tentou nos levar ao encontro de Deus. Conseguiu durante algum tempo.

Depois, nos extraviamos. Há distâncias que a mão de Deus não alcança.

Quando ele disse que não iria mais ao colégio, éramos ainda crianças. Por volta dos treze anos. Não entendi como aquele menino que aprendera, muito antes de mim, a desenhar letras redondas tinha coragem de desistir. "Vou apenas trabalhar." A promessa se cumpriu. A fúria das cartas, das palavras que não silenciam, não calam, que jorram o fel contra o pai, foi construída naquela tarde no paiol. Antes de partir, ele consertava carros, pintava paredes, remendava casas. Tem habilidades que meus dedos definem como impossíveis. Dizia-lhe: "Se você tivesse continuado a estudar". Ele apenas silenciava. Teríamos mais assuntos? Seríamos menos estrangeiros de nós mesmos? Conversaríamos sobre o vasto mundo que nos abocanhou, mastigou e cuspiu? Nunca saberemos. Talvez se ele regressar.

Chegamos espremidos na cabine do caminhão, esquentamo-nos na proximidade dos corpos, descobrimos aquele mundo de flores e brincadeiras, cortamos árvores para fazer as traves do campinho de futebol, estropiamos os dedos no terreiro de pedregulhos, não ensaiamos nenhum abraço no gol contra o time adversário, rumamos para a escola, A arredondado, grávido, ele sempre mais forte, sentia-me seguro, brigamos pra valer, brincamos de carrinho de rolimã, empinamos pipa, trabalhamos entre samambaias, rimos da tunda desferida pela mãe, corremos da mãe, escondemo-nos no mato, nunca choramos juntos, conhecemos Deus, nos perdemos Dele, beijamos as mesmas meninas, começamos a trabalhar ao mesmo tempo, ele desistiu da escola, eu insisti nela, nunca gostei de bicicleta, ele sempre em cima delas, tinha habilidades que não me seduziam, aprendeu a dirigir ainda na adolescência, sozinho, eu, nunca, um dia o silêncio chegou, construído desde sempre, nem notamos, invadiu tudo, tomou conta do nosso mundo, caminhávamos em direções opostas, os caminhos se bifurcavam, não nos víamos mais, não falávamos, enfim, acabou. Restou apenas um vazio. Incômodo. E o paiol a nos assombrar.

9.

A mãe rumava para a roça com um balaio às costas. Eu berrava à sua ausência. Lutava contra os cuidados de meu irmão. Vencida, a mãe retornava, jogava-me no balaio e seguia para o relento. Eu ficava perdido em alguma sombra. A mãe cavoucava a terra em busca de vida. Retornaríamos no fim do dia. Em casa, meu irmão e minha irmã compartilhavam a infância. Se soubesse que a infância ali seria tão curta, teria chorado menos.

Por que você a chamava de louca, pai? Era muita tristeza para a mãe. Colocava fogo dentro dela. Transformava-a em fera, em besta crepuscular. Em você latejavam ironia e maldade. Ela não fazia nada; apenas existia para nos proteger, para nos amar daquele jeito dela. Não era louca. Era outras coisas, mas você insistia em cutucá-la, em despertar a besta que a habitava. Louca. A palavra enchia a tua boca de vermes, que dançavam, escorregavam pelos teus lábios, faziam algazarra na tua língua de serpente: louca. Não te bastava o pecado. Queria nos destruir também com a palavra. Mas de que servem as palavras agora, pai, quando o que nos envolve já não significa nada?

10.
A bicicleta desenhava uma reta no horizonte. Da baixada, a silhueta do menino surgia, imponente. Pedalava com gosto e devassidão. Ele escapara das garras dos adultos e zombava de nós. Pequenos delinquentes, éramos interrogados. "Quem foi?", todos queriam saber. A menina nos olhava com pena e curiosidade. Não tínhamos coragem de admitir. Éramos apenas crianças descortinando o corpo. Um bando de meninos sarnentos — urubus a saborear a carniça pela primeira vez. Não havia escolha: tínhamos de admitir. Não um crime, mas um pecado. Iríamos arder na eternidade. As orelhas avermelhadas, presas nos dedos ossudos dos adultos, alertavam-nos de que tudo poderia piorar. No alto, a bicicleta, sombra maligna a nos apavorar,

enchia-nos de raiva e fragilidade. Foi ele, tentávamos argumentar. Mas ele estava longe. Nós, presos, apanhados ao vislumbrar, e nada mais, os vãos daquelas pernas finas, de jetica. Corruíra nos enfeitiçando. Não pedimos para ver. Ela nos mostrou. Todos à sua volta. Ela, altaneira potranca das ancas virgens, desdenhando a nossa falta de jeito. Mostrou-nos, sim, primeiro o rebolado, o corpo infantil a desnudar-se. Aos poucos, sábia e pérfida, expeliu carnes, desejos e cores em nossos olhos, em nosso espanto. Havia entre as pernas um corte fino, sem pelos, um triângulo bem desenhado — a imagem do demônio nos enfeitiçando: venham, venham. Ouvíamos petrificados. Queríamos, sim, tocá-la. O que seria aquilo despontando na altura do peito? Pequenos grãos tremulavam sob a pele. Nunca tão de perto. Nunca tão ao alcance. Estátuas de sal, movíamos apenas os olhos de cima para baixo, na mesma velocidade com que o pecado se infiltrava pelas nossas almas perdidas. C. começava a escancarar as portas do purgatório.

Quando algo parecia explodir em nós, o tinhoso tocou o triângulo. Delicado no início; com ferocidade logo em seguida. Aquele que pedala no horizonte, confundindo-se com o céu e as nuvens ao fundo. O grito nos espantou: revoada de pássaros pulando cercas de arame farpado, muros improvisados. O açoite da donzela pegou-nos pelos calcanhares. Tombamos, abatidos pela força que nos apertava as carnes pecadoras. Doera? Por que gritara? Não queria a nossa imundície em você, perdição que nos assombra? Lá no alto, a bicicleta e um sorriso tripudiavam a nossa derrota.

Meu irmão bem que tentou. Segurava-me com cuidado e gritava: "Pedala, pedala". Eu pedalava com excessiva violência para um magricelo. A força tinha de ser redobrada: a bicicleta encontrada num galpão em C. não tinha pneus. Tentava me equilibrar sobre uma armação de ferro. Os aros em atrito com o chão duro emitiam um ruído que me alertava para o desastre da empreitada. Era um pernilongo a pilotar um helicóptero. Faltavam-me força, agilidade e disciplina. Era preciso equilibrar-me, mover os pés em sincronia, olhar para a frente e não pensar em nada mais. Algo impossível para mim, um menino recém-saído da experiência com os pecados de um triângulo. Ao pedalar, olhava para baixo, via o horizonte e avistava a silhueta zanzando em linha reta, um desprezível capeta zombeteiro. Inseguro e amedrontado, descia a curta ladeira. Ao dobrar no limoeiro, o pouco equilíbrio virava queda. Estatelava-me.

"Assim", dizia-me um irmão já enfurecido sobre a bicicleta sem pneus. O corpo ereto, impulsionava os pés com precisão — a engrenagem esquálida não pateava, obedecia-lhe com devoção. Cavalgava célere, enquanto eu, estatelado, apenas o admirava. De certa maneira, alegrava-me ao vê-lo dominar aquela fera.

Estávamos nos adaptando àquele mundo. Tudo remetia a um passado recente que deixáramos para trás. A piazada em volta traquinando. Os gritos, a correria. Já éramos, sem dúvida, animais urbanos. A cada dia, os resquícios do fim do mundo viravam apenas recordação. Corríamos atrás do ônibus que, lento, vencia a subida pela estreita avenida. Mascávamos chicletes sem ao menos desconfiar de sua eternidade. Jogávamos bolinha de gude de olho no videogame. Íamos ao centro comprar calças compridas com a mãe. Sempre dávamos um jeito de esticar os olhos para a rua das putas. Mas modelar-nos a um mundo que nos esmagava não destruía a linha no horizonte, na qual o traidor se equilibrava sobre uma bicicleta. C. era a nossa penitência, nosso milho sob os joelhos, nosso rosário de ave-marias inventado pelo pai.

Quando acordo, eles já estão aqui, pai. Temos de seguir regras. Há o sol e a televisão com hora marcada. Pouco mais é extravagância. Jogo damas. Sempre ganho. Se perco, é de pena de meus adversários. Não entendo como estão nesta guerra. Quem os trouxe para cá? São frágeis, quebradiços. Movem-se com dificuldade e choram a noite toda. O gemido e o medo são permanentes. Da mesma maneira que chegam, partem. É comum as macas passando pelos corredores com os lençóis estendidos sobre os que de alguma maneira encontraram uma saída. Nunca é possível saber quem transportam. É tudo muito estranho. Ao vestir a farda, estou sempre acompanhado. A solidão é proibida. Para suportar a tristeza da guerra, somos inundados de comprimidos. Nenhuma dor suporta tamanha descarga. Logo após o café, marchamos todos para a trincheira. Os mais jovens vão à frente. Os velhos são os últimos. O que velhos fazem numa guerra? Nosso comandante nunca carrega arma, apenas fala o tempo todo. A voz é aguda e cortante. Dá ordens a todos. Seus auxiliares mais próximos nos arrastam em filas. Somos obedientes. Não desejamos a armadilha do inimigo. Todos os dias, marchamos quilômetros e voltamos sempre para o mesmo local, para o quartel onde nos esperam o jantar, a televisão e as camas enfileiradas. A guerra não é tão ruim. Só não sei por que a escolhi, por que estou aqui. Você sabe, pai?

11.
Deus nunca teve muito tempo para nós. Talvez não soubesse o caminho até o nosso solo infértil. A mãe nos ensinava a rezar toda noite antes de dormir. Tínhamos de lavar os pés na gamela e a alma no rosário. O sono vencia a fé. A língua destrambelhada apenas insinuava as orações, engolíamos pedaços de santos e anjos. Deus nos afogava. Não tínhamos esperança de que o olhar divino fosse capaz de descobrir que existíamos naquele canto do mundo. No beliche, o Santo Anjo triscava meus lábios. No andar de cima, meu irmão começava a profanar a fé. A gosma branca da perdição, escondida debaixo do colchão, depósito imaculado de todas as culpas. A terra árida a ser regada em gotas viscosas. O talo seco a jorrar um lamento surdo. Arrastava as

brasas com a mão a estrangular o sexo de penugens e ânsia. Havia cadência nos movimentos iniciais. Sofreguidão ao fim. Tudo era muito rápido. Entoava os cânticos salvadores ensinados pela mãe. Santo Anjo do Senhor, meu zeloso guardador... Pai nosso que estais no Céu, santificado seja vosso nome... Salve, rainha, mãe de misericórdia, vida, doçura, esperança nossa, salve! A vós bradamos, os degredados filhos de Eva, a vós suspiramos, gemendo e chorando, neste vale de lágrimas. Neste vale de lágrimas sufocado pelo membro ereto do irmão. Gemendo e chorando. O calção de tergal costurado pela mãe limpando a impureza do prazer recém-descoberto. Eu tentava me concentrar na reza. Ao fim, engolia trechos inteiros. Golfadas de fé. O ritmo do irmão me inspirava. O calor da virilha. O ocaso do pai-nosso. Ao fim, pedia perdão por todas as faltas do dia. Ordens da mãe. Em seguida, despejava o líquido invisível no terreiro do inimigo. Algo borbulhava, perpassava a pele e explodia na extremidade seca, vertendo apenas urina. Até a noite em que o primeiro jorro explodiu no lençol. O colchão, esconderijo de novas brasas. O caminho ao inferno media pouquíssimos centímetros.

Por imposição da mãe, fui coroinha. Eu, um discípulo da mãe a serviço de Deus. O Deus surdo e cego das noites no beliche a balangar. Envergonhado, ao lado do padre, sentia-me um pássaro caído do ninho. As asas analfabetas desenhando o precipício. Nas manhãs de domingo, cantava com gosto, orava com devoção. E tinha muito medo de receber a hóstia. Do cálice, o vinho. Ao limpá-lo, via meu rosto impúbere refletido no fundo. A mesma mão que enrijecia e profanava o corpo limpava o cálice, servia o vinho, contava as hóstias. Muitas vezes, a distância entre o Céu e o inferno está na ponta dos dedos. O padre olhava-me, com bafo azedo e barba imensa, intransponível. O corpo de Cristo. Amém. Ao receber a hóstia, fechava os olhos, entregava a alma a Deus. Tinha esperança de ir para um lugar melhor. A hóstia, então, sorrateira feito um rato no paiol de milho, estacionava, grudava no céu da boca. Vontade de enfiar o dedo, fazer uma bolinha e atirar debaixo da batina do padre. Pecado mortal mastigar a hóstia, dizia-me a mãe. Corria o risco de ser asfixiado pelo sangue de Cristo. Então, a língua roçava a hóstia, esmagava-a contra o céu da boca. Descobria a textura do pecado. Aos poucos, a hóstia derretia, sumia pelas profundezas. A missa se encaminhava para o fim.

A mãe abraçava a capelinha e a depositava sobre a geladeira. Olhava compenetrada para a imagem que lhe dava alguma esperança. Nem mesmo a vida de perdas a afastou da tentativa da intimidade de Deus. Aos domingos, descia a rua apressada em direção à igreja. O marido ficava em casa roncando perdições.

Rezava durante mais de uma hora em busca de algum perdão. Retornava à casa com a alma aliviada, apesar das cicatrizes da morte. Rezava pela filha. Rezava pelo pai. Rezava pelo filho. Rezava por todos nós. Ninguém rezava por ela.

— Deus não tem ouvido para nós, mãe. Da sua boca banguela, mãe, só a clemência. Ele nos abandonou.

Ela era uma criança. Você sabe disso. Todos éramos. Você, o gigante que nos guiava. Um herói esculpido à força no bronze pútrido da discórdia. Trouxe-nos na marra, na brutalidade que te fortalecia. Nunca nos perguntou nada. Retirou-nos da terra que, é verdade, logo nos expulsaria. Mas por que este lugar, longe de tudo? Fomos nos despedaçando. Os teus berros não resistiram por muito tempo. Sabíamos, desde o início, que a vastidão desta cidade consumiria nossas poucas forças, engoliria nossa pequenez, nos esmagaria. O que aconteceu? Estamos aniquilados. Tudo para apaziguar a tua sanha, o teu desejo, o vulcão das tuas vontades. Nada o impediria, não é verdade? Que demônio o habitava? A lava do teu desejo nos gerou. Sim, a avó, a tua mãe, tinha razão: nascemos pequenos demônios. A culpa é toda nossa. O fogo te consumia. A mãe rezava para vê-lo distante. Lembro das noites de angústia, dos grunhidos no quarto ao lado. Você, potro incansável, a ruminar no pasto ralo. Havia súplica na boca desdentada da mãe. Nada o detinha, não é mesmo? Nem mesmo os apelos daquela carne cansada. O sumo já se fora. Você sabia. Você sempre soube. Mas não desistia — o balde mergulhava no poço seco em busca de uma água inexistente. Saciado, o animal jogava o corpo no colchão à espera do dia.

12.
A mãe passou parte da infância na escuridão. E o resto da vida também. Em seus ombros, o peso do castigo a massacrava. Logo pela manhã — a geada sobre a grama —, o reduzido exército seguia à roça. Os pés trincavam no passo quebradiço. Estralavam-se os ossos. Algo estava fora do lugar. Tudo naquela terra onde os bois ruminavam a manhã de bafos grandiosos se deslocava para a escuridão. Ao longe, a plantação espraiava-se, à espera da enxada e das delicadas mãos a arrancar o mato que lhe invadia as vísceras.

Ao chegar à roça, as crianças dividiam as tarefas. O feijão tinha de ser colhido. As melancias deveriam respirar em meio ao arrozal. O mato precisava ser eliminado daqueles grotões. Ali perto, a avó observava a movimentação dos netos. Ao primeiro sinal de rebeldia, o castigo. As crianças queriam trilhar a grama aos gritos. Sonhavam voar. Mergulhar no rio que lá embaixo servia de refúgio aos bois mais vagarosos. Os irmãos — um batalhão na gigantesca família de italianos — odiavam a vida em torno do barril que tanto os apavorava.

Monarca de um solo estéril, a avó agarrava o neto rebelde, o vagabundo, e o enfiava debaixo do barril. A escuridão envolvia a criança durante algum tempo. Quase uma eternidade. Adiante, os demais seguiam no trabalho. A velha sentava-se majestosa sobre o barril. Na escuridão, longe da escola, as crianças teimavam em desobedecer à avó. Na infância da mãe, hoje apenas uma nódoa, poucos dias foram desperdiçados na sala de aula. A terra pronta a reproduzir era mais importante. Não dá para cavar a terra com um lápis. "Ah, se eu tivesse estudado", dizia-me às vezes a mãe. Teria bailado uma valsa num salão qualquer? Teria me ensinado a tabuada do sete? Teria construído mais de um neologismo? Teria comprado um barril? Talvez.

Penteou-me com esmero. Os cabelos para o lado, como eu gostava. Cabelo bem curtinho, cortado pelo pai numa cadeira de palha atrás de casa. Os cabelos fundiam-se com a terra. Alisou-me a face com as mãos ásperas. Agora, habitávamos C. — a cidade que nos escolhe aleatoriamente feito bois vagarosos. "Obedeçam à professora", disse-nos. Ela preparava sua vingança, bem longe do barril. Meu irmão, ao meu lado. A mãe colocou com cuidado um lápis e um caderno num pacote vazio de arroz de cinco quilos. Sacos de arroz são bem resistentes. Minha primeira mochila escolar.

 O caminho até a escola era de pedras e grama. Íamos em grupo. Todos próximos para não nos perdermos na indiferença de C. Antes da escola, um pequeno sítio. Tínhamos de atravessar o gramado em fila por um carreiro até chegar à última descida, que daria na porta da sala de aula. No gramado, vacas e ovelhas. Mesmo em C., o passado teimava em não nos esquecer. No inverno, a geada construía uma fina lâmina sobre a grama. Nossos pés estavam protegidos. Sempre que me lembro desse trajeto, tenho a impressão de que uma velha nos observa sentada num barril. Está morta.

13.
Esganifado é alguém que come muito, atabalhoadamente, que invade o prato com voracidade canina. Enfim, um morto de fome. A definição não está no dicionário. Não a encontro em lugar algum. Minha mãe ensinou-me um neologismo. Ele é minha herança.

Eu vi; ninguém me contou. Em êxtase pelas frestas. A faca a cortar os gomos da nossa desgraça, da tua perdição. Então, era para isso que viemos para cá? Na imensidão desta cidade a vigilância de Deus não te alcançaria, não vislumbraria a tua carne azeda. Lá, naquele desprezível mundo, o cachorro seria apedrejado até a morte; uma Maria Madalena a arder as feridas ao sol. As saídas eram estreitas. Aqui, a vastidão da lascívia consentida te protege. Se Deus não nos vê, quem nos verá? No rosário gasto da mãe, você nunca roçou. A distância da fé te aproximou do inferno. Mas onde, pai? Salvação e pecado sempre foram apenas uma ladainha sem fim. Palavras nunca valeram nada para nós. Quantas utilizamos durante a vida? O monstro apenas grunhe, afogado no próprio gozo. Deveria ter lutado para afastar a tua pata de nós, principalmente dela. Não tive forças. Sempre fui um fraco. Todos fomos. Ou você se considera um forte? Tua mão pesada nunca adestrou a nossa carne. Nascemos do teu maldito gozo, mas o renegamos. É dele que herdamos o fel, o câncer que nos consome. Herdamos a tua culpa. O que mais você poderia nos oferecer?

14.
Corria trançado nos dedos da mãe pelas ruas de C. Esta cidade sempre me pareceu deste tamanho, nem maior, nem menor. Assim como a vejo agora. Sempre pensei em C. como um lugar triste — grande e triste. Fomos nos moldando mutuamente, num pacto silencioso. Desde a chegada, mostrara-se um mistério que tínhamos muito receio de desvendar. Aventurávamo-nos por suas ruas, corríamos da fúria dos carros que desejavam nos expulsar do asfalto. A mãe nos guiava com seus passos analfabetos naquele novelo de ruas, prédios e rostos. Suas mãos tornavam-se ainda mais duras ao nos agarrar pelos braços, ombros, cabelos, na corrida através da mais larga e assustadora das ruas, em frente ao shopping, onde nunca, nunca ousamos entrar, pelo

menos até a adolescência, quando C. parecia encolher. Era apenas impressão — nos sufocava ainda mais.

Em C. há regras em excesso. Faltam-lhe o improviso e o falseio. Tudo funciona em harmonia. É um organismo prestes a conquistar a eternidade. À minha volta, os arames — malditos arames que fazem desta cidade um vasto campo de penitentes. Os fornos cremam os que se rebelam. O silêncio é nosso fim. As vozes não saem das rachaduras, estrangulam-se. Esta cidade não nos pertence. Seremos também uma invenção, uma criação corriqueira, marionetes num teatro de neblinas? Talvez apenas isto: uma tentativa que não deu certo. Somos o traço malfeito na prancheta do arquiteto. Não há conserto; nossas estruturas estão comprometidas. O som da cidade não nos invade; não o conhecemos. Não construímos C.; fomos construídos para ela.

Antes de chegar, não tínhamos de nos preocupar com corridas ensandecidas por entre carros. No fundo de casa, ao lado do açude, o galinheiro. O cheiro de penas, fezes e milho é indestrutível, mesmo na algazarra em torno dos prédios. Ali, a galinha ciscava com a certeza de que nunca iria para a panela. Nunca tivemos animal de estimação. Tivemos animais de sobrevivência. Mas ela, a galinha gorda e branca, tinha privilégios. Seu destino era a liberdade. Não se espantava nem mesmo quando o pai rumava ao chiqueiro, normalmente no sábado pela manhã, e a olhava com apetite. É simples: engorda-se o porco; no epílogo, levanta-se a pata e empurra-se a faca com violência na carne. O grito permanece durante dias rondando a casa. O berro desesperado de um porco debatendo-se antes da morte não se esquece jamais.

Brincávamos no terreiro quando a poeira da estrada nos avisou de que havia muito não chovia e um carro quebrava a monotonia que nos cercava em algum lugar daquele mapa imaginário. É dos grandes, gritava meu irmão, experiente em observar os veículos que raramente cortavam as estradas de terra. Não sabia ele que em breve a rotina dos carros nos acompanharia para sempre. Não deu tempo de quase nada. Apenas vimos a nuvem de poeira, um ruído de esmagamento. O caminhão ia longe, deixando para trás um amontoado branquinho entre pó, sangue e penas.

Corram, corram, corram! O grito da mãe ecoou forte diante daquela rua que a nós, recém-fugidos do mato, parecia intransponível. Rio em dia de chuva excessiva. Do outro lado, o shopping — palavra que ainda não sabíamos pronunciar e escrever. Queríamos apenas atravessar a rua cujo negrume do asfalto nos assustava. Éramos todos: a mãe, eu, meu irmão e minha irmã. Lembrei da galinha e da cor indefinível em que se transformara na tarde ensolarada. Pensei na pinguela sobre o rio que sempre atravessávamos para catar jabuticabas. Não havia pinguela; somente carros, muitos carros, gente, semáforos, cores que eu não sabia definir. Havia faixas brancas no negro asfalto. Corremos sob as asas protetoras da mãe. Do outro lado da rua, não havia uma única jabuticabeira.

As lembranças de C. são assim: um espelho estilhaçado. Aqui, nesta cidade, crescemos. O sorriso falhado de C. tenta nos triturar. Aos poucos, vai conseguindo. Somos palhaços sem a conivência do riso. Todas as lembranças desta cidade são fragmentos. Nada se sedimenta. Vou colando as impressões, os sons, os cheiros, o traçado dos rostos conhecidos e desconhecidos que habitam o campo de desfigurados. Desde que cheguei, não consigo ver além de uma permanente névoa. C. não existe. Um mínimo gesto e esta cidade desaparece.

Por que não responde, pai? Quero apenas uma palavra. Não quero uma explicação, até porque ela não existe. Uma palavra apenas. Qualquer uma. Pode dizer o que quiser. Agora, nada faz diferença. Não é possível mudar as coisas. Eu não retornarei. Mesmo que queira, eles não me deixarão partir. A guerra está cada vez mais violenta. Temos de marchar o dia todo atrás do inimigo. Nosso comandante é um homem muito correto e perspicaz, sabe encontrar estratégias para as batalhas. Não retornarei, portanto. Diga-me algo, por favor. Minhas cartas só encontram o teu silêncio. Se naquela tarde eu tivesse tido coragem, entenderia este vazio que você me entrega. Fui fraco, conivente, cúmplice. Eu também sou culpado, não é mesmo? A minha prece não encontra os ouvidos de Deus. Nem sei por que insisto em escrever.

Talvez porque tenha de ser assim. Talvez porque esteja condenado a isso. E se, para mim, só restarem palavras? Mas o teu silêncio me aniquila, me destrói. Se não há resposta, então o que escrevo não existe. Eu não existo. O que existe, pai? Nosso mundo sempre teve limites estreitos. Nem assim você é capaz de responder. Envie-me uma carta em branco. Ou um envelope vazio. Dê vida a esta minha morte. Entregue o meu caixão, pai. Ontem matei um homem. Foi o meu primeiro. Acertei o tiro no peito. Ele tombou fácil, feito os passarinhos atingidos pela pedra da nossa setra infantil. Morreu na hora. Quando cheguei perto, vi o teu rosto sangrando, sorrindo irônico para mim. A tua indiferença é também uma forma de vingança?

15.

Quando as luzes do globo espelhado riscavam a parede, eu era um menino dentro de uma roupa nova, de um sapato apertado — herança do irmão — à espera de uma descoberta. A penumbra revestia de segurança minha timidez. Um anfíbio entre o deserto e o mar. As luzinhas corriam em torno de nós. Envolviam-nos. O som alto abafava nossos segredos infantis.

Na fila da comunhão sempre estávamos atrás das meninas. A proximidade e o calor da pele guiavam-nos até o altar, onde Cristo nos esperava. A hóstia a derreter na boca; Cristo pregado a nos perdoar os pecados ainda não concebidos. Nossos olhos fincados nos seios que insinuavam delicadas curvas sob a camiseta. Nosso inferno, nosso Paraíso. Nós, indecência e provocação. Elas nos eram impossíveis. Aliviava-nos a certeza de que eram ainda intocáveis. Inacessíveis sereias nadando de joelhos diante do altar e de nosso assombro. As mães tentavam (em vão) nos colocar na retidão da fé. Não tinha jeito. Éramos trens o tempo todo a descarrilar. Uns perdidos a desejar bocas e um leve toque — por mais suave que fosse — em uma parte qualquer de um corpo estranho ao nosso.

Aos sábados à noite, as festinhas aconteciam no pavilhão atrás da igreja. Uma linha invisível separava o Céu do inferno. Gostávamos mais do inferno. No Céu, tínhamos a salvação. Buscávamos a perdição. Ali, em companhia de músicas que não entendia, balançava o corpo com o gosto da hóstia misturado ao de refrigerante. Profanar a fé era-me indiferente, para desespero da mãe. Uma dor incômoda se alojava no pescoço durante todo o domingo devido à dança ao som dos mais insanos grupos de rock. Nomes que eu não sabia pronunciar, significados e letras que eu não compreendia. Todos diziam que idolatravam o demônio. Eu não sabia inglês. A ignorância amenizava meus pecados.

Fazer pão em casa requer arte e paciência. A mãe sovava bem a massa. Espalhava-a sobre a mesa de fórmica, polvilhada com farinha de trigo. Esticava, puxava, recolhia. Usava toda a sua força para nos alimentar. Ao fim, um dos filhos tinha de ajudá-la a arrematar o trabalho: tocar o cilindro — uma maquineta provida de manivela e dois rolos. A massa, esmagada várias vezes, ganhava uma lisura gostosa. Eu, sempre a ajudá-la. Tocava o cilindro com as mesmas mãos que perscrutavam o corpo às escondidas. Cortava a lenha que alimentaria o fogão, para cujas profundezas o pão era levado. Cristo alimentava seus discípulos com pão e vinho. A mãe dava-nos pão e suco de uva. A trabalheira toda tinha uma recompensa: nas manhãs de domingo, sobre a geladeira, esperava-me um bolo de cenoura com cobertura de chocolate.

Chegava à festa com uma bandeja de bolo de cenoura. Todos riam. As meninas tinham de levar doces; os meninos, bebidas. Faltava-me dinheiro para a bebida. Os bolos da mãe garantiam a entrada, entre risos e olhares de escárnio. Deus, ali ao lado, os perdoaria. Éramos, após a missa, uma procissão de formigas a carregar nas costas garrafas e guloseimas em direção ao inferno. A música ensurdecia-nos, abafava os cânticos de outrora, soterrava a nossa fé. Balançava a fragilidade ao lado do amigo. Esquecíamos que éramos crianças. Os maiores zombavam, jogavam-nos para os lados. Ciscos varridos. Após o rock, as músicas lentas arrastavam-nos para o meio do salão. O globo girava devagar, projetava pequenas luzes na parede. Eu também não entendia aquelas letras, seus significados. Era ignorante em qualquer velocidade.

Quando ela chegou, animei-me. Era minha vez. Todos já a tinham beijado. Puxavam-na para o centro do salão. Luzinhas na parede. Corpos juntos, o pescoço (ainda sem dor) virava para o lado em busca da boca que os saciaria. Depois, cada corpo para um canto à espera da música diabólica. Naquela noite, eu seria o primeiro a tirá-la para dançar. Era a última formiga da fila. Meu primeiro beijo. Não consegui me concentrar nas canções que me entortavam; dancei ainda mais desengonçado — um albatroz de asa quebrada tentando chegar à praia. Quando o inferno serenou os ânimos, a música lenta levou-me ao seu encontro. Peguei-a pela mão, enlacei-a pela cintura. Tremia diante da menina magra e generosa. Dois passarinhos equilibrando-se numa rama de trigo. Ela recendia um cheiro de piedade. Aninhei-me; esqueci-me do gosto da hóstia, da mão imensa do padre me entregando Cristo aprisionado em farinha e água. Desejava aquela boca. O que eu encontraria naqueles lábios? Saberia acolhê-los com a delicadeza necessária da entrega? Apertei-a com mais força. Ela recostou o rosto em meu ombro. Absorveu meus medos. Era uma esponja a me secar. Da sua boca, um calor me arrepiava. Sentia-lhe os contornos dos ossos. Nos cantos, avistava dentes a devorar-me, zombavam de mim. Fechei os olhos e entreguei-me à sua inocência, à lentidão da música. Meus pés não tocavam o chão de cimento bruto. Nada mais existia: nem Deus, nem o diabo. Apenas dois passarinhos catando sementes na imensidão. Aninhei-me ainda mais na quentura daquela pele que a mim se oferecia; não precisava cortar lenha; não tinha de tocar o cilindro; me entregava à boca sem remorso, pecado ou arrependimento.

Abre as pernas. A voz, um córrego cortando a garganta, não exigia. Havia súplica e desespero: abre as pernas. O ganido do animal ferido arranhava o muro do terreno baldio. Deita. Aqui não. Por quê? No mato, não. Duas crianças simulando a geometria adulta. Abre as pernas, por favor. No mato, não. Não lembro da lua na madrugada quando a arrastei para o terreno entre os prédios de C. Havia escuridão e ânsia. Assim, abre as pernas. Os pelos eram apenas uma ameaça, uma suspeita. Talvez, no escuro, alguém nos confundisse com um casal de amantes. Ou vira-latas no cio. O capim irritava a pele. Não éramos bichos de couraça grossa e resistente. As desajeitadas mãos tentavam convencê-la, lutavam para transpor aquela arrebentação. Na praia, num fim de tarde, vi um homem se afogando. Batia as mãos como se o ar lhe pudesse entrar pelos dedos em direção aos pulmões. Estava distante e se debatia todo. A luta era muito desigual. Impassível, o mar o mastigava com lerdeza e ódio. De repente, os movimentos perderam energia. Não vi mais nada, apenas o horizonte já sem sol e o corre-corre na areia. Abre as pernas. Bebemos até transbordar. Eu a arrastei, confesso. Sei que a patética cena poderia ter sido evitada: nós dois na madrugada diante do terreno de capim alto, protegidos pelo muro e pelos prédios ao redor. Testemunhas da nossa derrota. Ali. No mato, não. Você foi com meu irmão. Foi com todos os meus amigos. Tem de ir comigo. Não fui com ninguém. Nunca fiz isso. Por favor. Não abriu as pernas e, durante muito tempo, assombrou a minha vida.

Víbora revestida de candura, resistiu até o fim. Afogou-se no próprio veneno. O boi pastava o capim em busca do riacho para saciar a sede. E você, menina dos grãos a beliscar a blusa, a espremer as pernas, trançando-as em xis, recusando os volteios das minhas mãos em súplica. Daria meu cálice a transbordar o vinho azedo. Tua carne leitosa atirava minha fúria contra o muro. O touro regressava, babando, escavando o solo com as patas bifurcadas. Supliquei, sim, o vão do teu corpo, teu sagrado corpo de líquidos ainda virgens. Quando o grito clareou a madrugada — abre as pernas! —, você se assustou. Eu também, confesso. Impossível evitar a fuga. Derrotados, ganhamos a rua silenciosa. Agora, quando já não mato a sede em seios gigantes, eu penso em ti. Na delicadeza do toque e na vergonha da tua boca. Não sei o nome desta que se entrega sem pudor. Pouco importa, desconfiei desde o começo. O urgente é saber como é. Viemos do mesmo lugar, tomamos a caipira vermelha — mistura gosmenta de cachaça e groselha. Será que algum dia esquecerei o gosto da perdição? Não, não a levei ao terreno baldio. Jamais profanaria o capim em que não pastamos, onde digladiamos sem adaga. Onde não atravessei as fronteiras do abandono. Tomamos o caminho do parque. Na noite, o silêncio se arrastava pela grama. Longe, a chaminé, ereta e eterna, despontava sobre as canchas de areia. Eu tinha medo, claro. Depois de você, teria de começar tudo de novo. As súplicas seriam as mesmas. Você, que todos juravam ter deflorado, recusou-me, atirou-me para longe. Os meninos, agora te conto, faziam uma roda. Tramavam te desnudar, mergulhar na tua carne branca, lisa, virgem. A infância é uma batalha perdida. E uma grande mentira. Eu, ali, estático, à espera do início. Era uma competição. Coisa de piá cujas tripas latejam — filhotes de porcos eviscerados abandonados ao sol. Todos em sagrada sincronia pelo teu corpo imaginário. Em seguida, a fila. A mão espalmada na espada de lâmina cega. Nenhuma penugem despontava por entre os dedos, que trabalhavam em coordenada fruição. Se a mãe nos pegasse, iríamos rezar horas indormidas para nos livrar da maldição da carne. Era necessário borrifar o espírito com a água benta roubada da igrejinha onde eu e meu irmão teimávamos em ser coroinhas. A mesma mão a distribuir a hóstia, a oferecer o vinho. Aprendizes do demônio a cortar lenha com o serrote. Víamos apenas você, desnuda sobre o precário altar de azaleias e gerânios. Os olhos fechados, sem intervalos para o remorso. E a explosão do corpo a escorrer pela parede de madeira.

Não foi preciso ajoelhar e suplicar. As roupas estiradas sobre o piso negro receberam as duas silhuetas. A minha, magra, alva e assustada. Ela, gorda, negra e sorridente. Para onde se vai quando não se sabe o caminho? Ela sabia de tudo. Olhava-me com a compaixão das santas. Abriu-se em êxtase e disse apenas "venha". O mergulho cego. O que teria de fazer? O beijo na boca seca não tinha gosto de nada. O corpo deslizando, sôfrego, em ritmo descompassado. Um nada e, no céu escuro, um visco explodia em forma de cometa. Diante de mim, as tábuas do casebre, úmidas, emboloradas. Meu irmão a socar a minha cabeça. Os amigos rindo do meu corpo de menino mergulhado no infinito de uma mulher, cuja pele em nada lembrava a lisura sonhada. Era arenosa, parecia escamar — peixe abandonado ao relento. Quem joga mais longe as faíscas? Já não me importava competir. Naquela noite, quando fui aceito por uma estranha, senti a saudade da tua rejeição. No meu ouvido: "Aperta mais". À inexperiência faltavam força e maestria para moldar seios. E pensava em você a esconder-se no capim, a esgueirar-se pelo terreno baldio, pequena víbora de língua sedutora. Ave assustada. Já não havia mais volta. Era preciso seguir. Diante dos olhos, a noite gotejava escuridão.

Eu trouxe a fotografia, pai. Carrego-a comigo. Ela aparece em pé. Lembra? Em pé ao lado do cavalinho de madeira. De onde saiu aquele fotógrafo? Nós lá, cercados de animais, e, na única fotografia da infância, aquele ridículo cavalinho de madeira, artificial, e sua carrocinha destroçada pelas andanças do lambe-lambe. Eu, na garupa do inerte pangaré, estampo a expressão do desespero. Você sempre me disse isso. É a única frase tua que ficou: "Você é um desesperado, meu filho". Esse é o legado que me resta. Além, é claro, desta vontade insaciável de destruição e esquecimento. Foi o desespero que me trouxe até aqui. É o desespero que me move. Olho a fotografia para não esquecer. Não me refiro a ela, que está morta. Já não faz diferença. Aos mortos, restam somente as lembranças. Ou nem isso.

Um dia nossas lápides não serão mais visitadas. Mas não desejo esquecer você, pai. Não quero esquecer o que você fez. A menina de que eu cuidava enquanto você e a mãe iam para a roça está morta. Eu a embalava no cesto amarrado nas vigas da cozinha. Ela adorava o ir e vir daquele cesto de palha. A casa toda reagia à nossa brincadeira. O barulho da corda em contato com a madeira enquanto eu a balançava. Ela sorria, mas não era feliz. Ninguém era. Nunca tivemos talento para a felicidade. Ser feliz custa muito, e o nosso tempo já nasceu reduzido. O tempo dela encurtou-se naquela madrugada. Lembro do irmão — sempre ele — e a notícia da morte. Pobre coitado, um tísico mensageiro do fim. Não lembro se você fingiu chorar. Fingiu, pai? Por que não a matou na tarde em que o demônio o possuiu? Ele ainda te habita, não é mesmo? Ela não tinha culpa. Entenda: nunca fomos culpados pelos teus fracassos. Sempre fomos apenas crianças. E durante algum tempo, teus filhos. Na fotografia, ela está descalça. Os pés magros na extensão das canelas finas. E pisam a terra de onde você nos arrancou. Uma saracura do banhado, como dizia a mãe, que sempre inventava alguma expressão. Ela nos amparou até o impossível. Suportou a tua desgraça dentro dela. Como pôde ter forças para tanto? De nada importa essa pergunta. De nada importa qualquer pergunta. As palavras nunca serão suficientes. Ou há palavra que nos salve?

16.
Ela nasceu mirradinha. Foi tudo muito rápido. A parteira chegou no meio da tarde. A mãe se contorcia havia poucas horas. Eu e o irmão corríamos pelo gramado diante de casa. Após chamar a parteira, o pai sumiu durante dias. O sol ainda refletia forte na água do açude quando ouvimos o choro fraco, fininho, dentro do quarto. Não havia alegria no rosto da mãe. Nem alívio. Ao retornar, o pai não falou nada, não olhou para a filha que chorava. Apenas depositou o pacote de jabuticabas na cabeceira do improvisado berço ao lado do fogão a lenha. E saiu porta afora.

17.
O pai me ensinou a correr. Atrás de casa. Pelas frestas das tábuas mal desenhadas, assistiam ao desajeitado balé. Meu irmão, minha irmã. Torciam por mim ou por ele? Eu não sabia por que ele me perseguia. Precisava fugir, aumentar a distância entre minhas pernas, curtas, magras e ingênuas, e as dele, longas, fortes e enfurecidas. Eu tinha de cortar caminho por entre os ralos pés de milho, deslocados do nosso mundo rural para C. Mantínhamos a ilusão de que ainda não éramos intrusos. No chiqueiro, o único porco esperava a morte. Nós também, mas ainda não sabíamos. Éramos todos um futuro morto. O importante era movimentar as pernas com rapidez, força, agilidade. Duplicar a distância entre nós. Meu pai nunca me alcançou. Nunca

me alcançaria. A distância dilatou-se, sem cessar, no ritmo dos passos rumo a um milharal e a um porco.

O Passeio Público abrigava macacos, peixes, putas e fotógrafos. O pai leva-me pela mão. Atravessamos em silêncio as ruas de C. Agora, estamos lado a lado; ele não me persegue. Talvez tenha desistido. Sabe que jamais me alcançará. Preciso de uma fotografia para a carteira de identidade. Próximos ao rio de carpas, pipocas boiando e cheiro de fezes, um homem e seu estúdio. O pai coloca-me paletó e gravata, sento-me e espero que aquilo termine logo. Sempre que olho essa foto, preservada feito um amuleto, tenho a impressão de que outra pessoa me observa. Não sou eu, nenhum resquício daquela tarde entre os macacos me restou. Meu olhar é para cima, como se não quisesse encarar o mundo à minha frente. Ao sair, percebo que há um cavalinho de madeira à espera das crianças para uma fotografia.

Tento concentrar-me nas teclas da máquina de escrever, asdfg çlkjh asdfg çlkjh asdfg çlkjh asdfg çlkjh, enquanto os pequenos seios da morena de cabelos longos e lisos teimam em flutuar pela sala de datilografia. Meu pai levou-me à secretaria da escola técnica para a matrícula; caminhamos longa distância lado a lado, desde o ponto de ônibus até o curso que pretendia mudar a minha vida. Na carteirinha, a mesma foto tirada no

Passeio Público. Já não desejava mais cavar o futuro numa terra abandonada: asdfg çlkjh asdfg çlkjh e os seios da morena. Nunca contei sobre ela a meu pai. Nunca contei nada a ele. Dois estranhos a esbarrar em C.

É madrugada quando encontro o bilhete sobre a mesa. Nele, as letras de meu pai. Uma mensagem curta, na qual a palavra felicidade se destaca. Amanhã, é meu aniversário. O pai escreve meu nome sem o H. Meu pai não sabe datilografia.

Pegou-me no colo quase nunca e fincava-me seu olhar de lonjura. Ignoro-o em sua permanente ausência, mesmo ao acordar e desviar das cadeiras vazias; agora, é apenas um fantasma vigiando nossa coleção de silêncios; seus passos não rangem o chão de tábuas, sua sombra não suja as paredes, o sol não o incomoda, a poeira não gruda nele, os uivos da rua morrem nele, como uma esponja, absorve tudo, nada escapa, e segue para o calor da varanda, de onde já não se vê mais o milharal, o chiqueiro e o porco.

— Eu vou ao quarto dele, mãe. Fique aqui. Você não precisa me ajudar. Será rápido. Nós precisamos fazer. Ele também sabe. E tudo terá terminado. Então, restaremos apenas nós dois. Logo eu também não estarei mais aqui. A tua solidão será completa. Lembra daquele joguinho que você nos deu quando éramos dois meninos? Parecia muito simples, mas nunca consegui vencer. Bastava ir saltando um pino sobre o outro feito um jogo de damas. Ao fim, era necessário deixar apenas uma peça. Era possível jogar sozinho. Agora, mãe, você é essa peça solitária no tabuleiro de plástico. Ninguém sairá vencedor. A mão que nos joga não se preocupa com a vitória.

Arrasto-me em direção ao quarto. Sou assombração, cancro, pústula, chaga, úlcera. Sou o vingador esperado, o barqueiro rumo à nascente do maldito rio. Na cama, de costas, ele sabe que me aproximo. Espera-me desde a tarde quente no paiol.

Você sempre foi um homem fechado em uma couraça resistente ao mundo. Nunca soubemos ultrapassar os limites da tua fortaleza. De longe, o rosto no batente da janela, eu o avistava. A silhueta magra abandonava a floresta, ganhava a grama e se aproximava da casa. O teu regresso, pai, não nos trazia somente jabuticabas colhidas no mato, mas carregava também a ilusória sensação de segurança, de felicidade. Quando você partia com a sacola plástica no bolso, tínhamos a certeza de que nos amava. Você nos amou naquelas manhãs chuvosas? A chuva e o vento, pouco constantes naquela terra, ajudavam a derrubar as jabuticabas mais gordas. As teimosas, você as agarrava com a destreza de um bicho acostumado às alturas e aos galhos finos das árvores. Ao retornar, abria a sacola estufada de pequenas bolinhas negras e as despejava em nós, seus filhos. A abundância da fruta recém-colhida nos causava uma felicidade a que não estávamos acostumados. Ao morder a casca, o sumo nos invadia e deslizava pela garganta. Sorrindo, cuspíamos a casca e os caroços na bacia de alumínio. Competíamos com o barulho da chuva no telhado. A um canto, a mãe nunca participava da diversão do alimento, apenas nos observava, tal qual o pastor de rebanhos a velar por todas as ovelhas. O lobo alimentava as presas para saboreá-las mais gordas e viçosas.

18.
Matar um porco é fácil. Levanta-se a perna do animal e mete-se a faca sem nenhuma clemência. O berro tenta anunciar ao mundo que a morte o encontrou. O silêncio da manhã atrás de casa transforma-se em urros que rapidamente se grudam em todos os escombros da memória. O desespero do porco com a faca cravada na carne branca nunca nos abandona. Impossível. Nas redondezas do fim do mundo, nossos míseros porcos eram mortos numa manhã de sábado. O ritual nos causava a ansiedade da espera. À noite, inquietos, aguardávamos o grito que acordaria o mundo. O pai não nos deixava acompanhá-lo ao chiqueiro do condenado. Criança precisa manter distância da morte. Três adultos eram suficientes. Dois seguravam o bicho

a debater-se, tentando negar uma falsa eternidade. O pai, então, levantava a perna do porquinho e cravava a faca com a barbárie herdada. O grito ensurdecedor e intermitente — em golfadas, como se em busca de uma última esperança — chegava-nos. Uma pedrada no ouvido. Os berros ainda hoje dão voltas em mim. O grito de um porco morrendo é a certeza de que o inferno é possível.

Depois da morte, a humilhação. O animal inerte era jogado sobre uma velha mesa de madeira. Podíamos assistir à distância. Do tacho a água fervente vinha em canecas de alumínio. O jorro fumegante amaciava o pelo do porco. O tacho seria seu último destino. As patas eram cortadas e jogadas no fogo para amolecer o casco. As vísceras, separadas. A carne nos alimentaria durante alguns dias. A gordura transformava-se em banha, armazenada em latas na cozinha. Ao abri-las, a mãe fingia não se incomodar com o grito aprisionado.

O demônio habita meu sono, pai. É um remoer dolorido. Quer secar-me, exaurir-me. A fuga é impossível. Mas eu tento. Não vou desistir. Abandonei vários pedaços de mim pelo caminho — escombros a interromper a passagem. Poderia ter feito mais, ter resistido. Na tarde abafada, teu dorso nu de costas para mim no galpão de ripas para as estufas de flores. Nós sempre construímos nossos túmulos. Eu não a via. Estava encoberta pela densidade do teu desejo, pela baba que escorria. O lobo encontrara a ovelha. Me arrependo, pai, de não o ter golpeado nas costas, cravado uma estaca. Minhas forças de menino nunca deteriam a tua vontade. Mas esse demônio não me assombraria as noites sem sono. Buscaria a tua carne, rasgaria uma brecha. Era preciso te libertar, abrir uma fenda para que o mal te abandonasse. Eu poderia desferir o golpe. Sorrateiro, traiçoeiro, te mostraria toda a repulsa represada em mim. Eu te marcaria, animal xucro, selvagem, mas estava paralisado, os olhos por entre os vãos do velho paiol, sem forças para me mover em direção ao deserto de miragens à minha frente. O sultão se fartava em seu harém de uma solitária presa, uma pequena vítima doméstica retirada do terreiro de pedras, arrancada dos gemidos da mãe. Como ser um forte, se em mim escorrem fartos o teu sangue e o teu sêmen? Caudalosos rios por onde navegam vermes. Poderia ter gritado, alertado o mundo sobre a fome que te dominava. Gritaria do alto da montanha, espalharia a tua maldição. Um Jó a esbravejar contra a maldade divina. Da garganta seca nada saiu. Quais palavras desenharia no ar? Quantas palavras são necessárias para matar um pai? Para redimi-lo? Desconheço as palavras que nos salvarão. Elas não existem. Palavras não salvam. Palavras nos arrastam para o fim. Apenas engoli a certeza da condenação, da fraqueza. A tua fraqueza estava em mim. O teu pecado me pertencia, me seduzia. Apenas olhei o teu suor escorregar por entre as ripas amontoadas. A tua noite, pai, traz somente escuridão?

19.
Da janela, avistávamos a velha rodoviária. O ônibus passava lento pelas casas de madeira e a rua de paralelepípedos. Uma fina neblina cobria a cidade cujo nome jamais esqueci. Os olhos espremiam-se na tentativa de ver mais longe. Íamos enroscados no mesmo banco para economizar na passagem. Dali — a última parada antes de completar o regresso — ainda percorreríamos mais alguns quilômetros até a casa da avó materna. Numa sacola plástica, a mãe jogava pedaços fritos de frango — nossa refeição em direção a um território que a cada viagem se transformava em esquecimento.

Quando as férias chegavam — após o ano de trabalho e estudo —, arrumávamos as malas. O nosso destino era sempre o mesmo: a casa da avó. Para nós, o outro lado do mundo. Até o dia em que esse destino se apagou completamente. Era-nos impossível resgatá-lo. Nunca mais voltaria. A mãe catava um a um os três filhos, penteava-nos os cabelos curtos e partíamos à rodoviária com as malas cheias de roupas, expectativa e saudade. O pai quase nunca nos acompanhava nesse retorno. Sempre fomos um álbum de figurinhas incompleto.

Havia um rio. Na pinguela, éramos uma frágil fila a equilibrar malas. Logo em frente, a fumaça do fogão a lenha; a casa respirava. Chegávamos pela manhã com a ansiedade a nos impulsionar em direção àquele útero que nos abortara. O cheiro do gado no pasto reforçava a certeza de que estávamos em outro mundo. Durante alguns dias, não seríamos mais os mesmos. A cidade grande ainda não conseguira apagar de nossa pele todos os rastros de carro de boi que a sulcaram, nem os resquícios que nos ligavam aos nossos ancestrais.

A avó nos recebia com o avental gorduroso, apoiada numa enorme colher de polenta. Abraçava-nos com mãos gordas, braços fortes e um indestrutível sotaque italiano. Aos poucos, o batalhão de tios se reunia à nossa volta. Os vizinhos também apareciam. Era uma festa para receber os parentes recém-chegados. Nos afagavam, matavam a curiosidade em busca de descobrir em que animais nos transformáramos. Éramos já muito diferentes. Pronunciávamos palavras estranhas. Nossos gestos pareciam artificiais. Aos poucos, entrávamos no movimento daquele universo. Tínhamos de nos adaptar à ausência de energia elétrica e de água encanada — comodidades a que nos acostumamos com rapidez.

Juntamente conosco, chegavam também os demais parentes que haviam deixado a roça e tentavam ganhar a vida entre tijolos, trabalhos domésticos, cartão de ponto e salário no fim do mês, espalhados pelas cidades. Aos poucos, a casa da avó ganhava deliciosos contornos, o vozerio se avolumava, percorria o galpão e se perdia pelos confins das plantações de milho, feijão, uva, arroz. Aos poucos, a excitação cedia lugar às histórias, aos causos, às lembranças. Arrumávamos as tralhas nos quartos e ficávamos à espera de planos para os dias de férias.

Cada tio catava o sobrinho preferido e seguiam para a lavoura. Todo ano era igual. Já sabia quem eu acompanharia. Era sempre ele. Gostava de arar a terra, de cuidar do arrozal que abrigava também pés de melancia. No descanso, o tio pegava uma melancia pequena, rachava-a numa pedra e me passava metade. Cuspia as sementes na terra para onde eu nunca mais regressaria. Ajudava a avó a fazer vassouras de piaçava, a talhar os cabos de madeira, a limpar a palha. Ou então tocava o cilindro para amassar o pão ou a maquineta de moer a carne para a linguiça. Nunca o trabalho nos causara tanto prazer. A avó admirava nossa falta de jeito, já não nos adaptávamos mais àqueles afazeres. Seríamos, a cada ano, eternos aprendizes. Os tios riam quando corríamos dos bois, assustávamo-nos com o relincho estrondoso de um cavalo. À distância, não sabíamos distinguir grandes pepinos maduros e amarelos de melões. Aquele mundo nos cegava — estranhamento e descoberta. Todos gargalhavam, inclusive nós, da nossa cegueira urbana. Estávamos acostumados ao ronco de carros e ônibus e a embalagens plásticas.

Na encosta, sofríamos para catar feijão. O trabalho tinha de seguir uma métrica cadenciada: arrancávamos determinada quantidade e fazíamos um pequeno monte. Atrás vinha a carroça recolhendo a colheita. Exaustos, o sol a nos seguir na empreitada, chegávamos ao plano. Lá, a trilhadeira — pronta para mastigar os grãos — esperava-nos. O feijão atirado na máquina saía cheio de ciscos. Em seguida, tínhamos de abaná-lo e colocá-lo em sacos de estopa. O suor encharcava o corpo e o pó grudava com facilidade. Todos, direto para o rio e, em seguida, ao almoço.

A mesa quase não suportava tanta gente. Nunca estive tão perto deles. Guardo ainda na pele o aroma de arroz salgado com leite. Nas panelas sobre o fogão a lenha: frango, arroz, feijão, macarrão, milho cozido, carne de porco, quirera. Salames e queijos feitos pela avó eram devorados. O calor de janeiro não nos intimidava. Para acompanhar a refeição, a avó depositava dois enormes bules de café no centro da mesa.

Aquilo sempre me pareceu muito estranho. Em casa, aos domingos, tomávamos refrigerante. Na casa da avó, café.

Após a morte, a tempestade. Um dia, encontraram o avô balançando numa árvore. Deixou um bilhete. O formigueiro tomou inúmeros caminhos. O movimento da sobrevivência. Quase todos, inclusive a avó, tomaram o caminho de alguma cidade — essa inóspita roça cujo concreto refuga o talho da enxada.

Um dia, a avó me abraçou forte e disse: "Não lembra mais de mim. Já não me visita". Senti os dedos percorrendo o meu rosto. Ainda guardavam alguma força. Está perto do fim. No caixão, um dos tios dos banquetes regados a café esperava o fim do velório. À sua volta, estávamos quase todos. O pai conversava lá fora. Às vezes, o álbum de figurinhas se completa. Os primos, as tias, os tios. Todos ali, em torno da morte. Não havia assunto; não havia feijão para colher, melancia para rachar na pedra, vassoura para fazer. Estávamos espalhados pelo mundo. Cada um em seu pequeno universo.

Quem a matou? Eu ou você? Será possível saber de quem é a culpa? Haverá culpa? Quando o irmão chegou ao hospital, ela já estava morta. Estirada na ausência dos movimentos. Nunca mais. Mas quem a levou até lá? Por que o corpo da irmã — e que corpo bonito ela arrastava pela casa — desistiu da vida? Pequena feiticeira a nos besuntar o olhar com sua lascívia. Desde pequenininha, insinuante. Uma víbora à solta. O que digo, pai? A quem pertencem as nossas palavras? A quem pertencemos? É por ela que estou aqui, pai? Pela irmã? O que a morte dela tem a ver com tudo isso, com esta loucura toda? Será loucura, miragem, insanidade? Alguém me mandou para cá, eu sei. Sempre soube. Mas o que esta maldita guerra tem a ver com a morte dela? Estou mesmo numa guerra? Quem são estes que estão aqui comigo, que me fazem companhia à noite? Quanta escuridão, pai! Nada faz sentido. Tenho somente duas únicas certezas: ela está morta e você não me ouve.

20.
Num dia de inverno, a notícia espetou meus ouvidos: "Seu avô morreu: enforcou-se". Essa frase jamais foi embora. Acompanha-me como uma doença incurável. Na adolescência, a morte ainda me parecia algo muito distante; a imortalidade era-me possível entre carimbos e fotocópias no emprego diário. A avalanche desceu das encostas e se transformou em palavras: "Seu avô morreu: enforcou-se". Corri para casa e descobri pela primeira vez os estragos que a morte é capaz de causar.

    A mãe era um animal indefeso grunhindo no sofá destroçado num canto da cozinha. Sobre a napa velha, um pano tentava esconder os rombos que uma pobreza descortinava com facilidade. Não vi o seu rosto. Chegavam-me apenas os sons abafados pelas mãos imensas da mãe. Vi as mãos do avô fincadas no rosto dela. Da boca, cujos dentes não lhe pertenciam, ouvia-se: "Nunca mais vou ver meu paizinho". O diminutivo infantil soava estranho, deslocado. Não sei por que imaginava que ela deveria compreender aquela morte. Nunca fomos bons para entendê-la. Descobri por que sempre nos acharam muito parecidos. Silenciei à espera de que a morte nos desse uma trégua.

O avô pegou-me no colo. Eu era apenas um menino. Admirava-me aquela boina que levava com certo orgulho. Nada tinha de vaidoso. Acompanhava-o feito um amigo. Onde estará? Lembro-me da boina e dos olhos azuis durante uma das poucas vezes que nos visitara em C. Contava-me histórias. Todas de um mundo arcaico, um universo esquecido. Passara a vida entre o pasto de bois e as plantações. Era um nômade. Volta e meia carregava a família para um rincão da terra que sempre inventávamos nas férias. Alegria visitar a nova morada do avô. Será que tem rio? A pergunta nos tirava o sono no ônibus. Urbanos, regressávamos ao útero esvaziado.

Quando o suicídio do avô se acomodara no acúmulo das tragédias familiares, sedimentou-se para sempre em mim a imensidão entre a sola dos sapatos e o chão um dia cultivado.

A vasta família espalhou-se. Uns se tornaram urbanos; outros teimam em cultivar a terra que assistiu ao corpo no vazio. Minha avó carrega a morte como as pedras no bolso de uma suicida em direção ao rio. Mas ela nunca entrará. É forte demais para se deixar seduzir. O avô não foi seduzido. Vendera as terras, colocara o dinheiro na poupança que a mulher de voz rançosa na tevê jurava que logo seria devolvido. O logo, para ele, transformou-se em eternidade.

21.
Quando nossa irmã morreu, dez anos depois do avô, a morte novamente entrou em casa por todos os lados, escancarou as janelas, varreu os ciscos para os cantos e, silenciosa — como quase sempre o faz —, encarou-me. Não partiria. Ficaria como visita em dia de chuva. Sentada no sofá puído, perambulando entre a sala e os quartos, observando-nos. A morte me acarinhou os cabelos no travesseiro. Ainda me faz companhia nas noites de chuva. Ouço sua voz entre os trovões. Nos relâmpagos, seu rosto ilumina-se. Já não a tememos. É um inimigo conhecido. Sei que não partirá. Nem a rotina da vida é capaz de espantá-la. Atracou-se a nossas vidas. Não tem fim.

A morte dói em partes desconhecidas do corpo. E quando voltar, descobriremos tantas outras partes a doer.

— Eu tive outro homem, filho. Depois, ela nasceu. Miúda, pequena, um fiapo de gente. A tua irmã arrastava todos os meus pecados, toda a minha tristeza e toda a minha vingança.

22.
O fim de tarde trazia por entre as flores os gritos da mãe para que entrássemos em casa. Corríamos os últimos metros atrás da bola de plástico no terreiro. Na janela, algumas velas brigavam contra a chegada da noite. "Onde está a irmã de vocês?" Era a mãe em busca da filha caçula perdida pelas brincadeiras do dia. Não sabíamos nada sobre o paradeiro dela. Fazer o gol e não estropiar o dedão descalço nas pedras eram nossas preocupações. O resto, deixávamos para nossos pais, desde que chegáramos a C.

Atrás da trave, uma parede de cedros servia de barreira para a bola não sumir no matagal. Os vãos das árvores, esconderijos perfeitos. Por ali, deslizávamos o corpo como se aos grotões do mundo estivéssemos de volta. A poucos quilômetros, o centro de C. rugia enfurecido. Antes do último gol em meu irmão já destruído pelo cansaço, vi o pequeno cedro se mexer. A experiência do olhar garantia que a irmã se escondia ali para não lavar os pés na gamela ao lado da porta de casa. Fugíamos do banho feito porcos a repelir a faca afiada do pai. O cansaço da mãe, às vezes, era cúmplice. Os pés lavados na gamela — a mesma que servira de cocho para os porcos — era o consolo à autoridade materna.

Atirei a pedra na direção do movimento entre as árvores. Aos berros, rosto manchado de sangue, a irmã saiu do frágil esconderijo e correu em direção à mãe. A marca na testa a acompanharia para sempre. Não lembro se, naquele dia, tomei banho ou apenas lavei os pés na gamela.

O telefone arrebentou a madrugada. Acordei assustado. Tinha de ir ao hospital. O médico apenas me olhou. Aquele corredor por onde regressei em nada lembrava o terreiro pedregoso da infância: era limpo e lisinho. Meus pés por ali escorregaram de volta à casa. Precisava buscar a mãe e lhe dizer que a sua família encolhera. Mais uma vez.

Quando regressei à casa, a mãe me esperava. O dia nascia. "Está tudo bem", disse-lhe, tentando acreditar na mentira. Levei-a ao hospital. Lá, a mesma pergunta da infância: "Onde está a sua irmã?" ou "Onde está a minha filha?". E eu, para resolver o mistério, não podia simplesmente jogar uma pedra nos cedros atrás do gol. A morte é imune a pedradas. O médico deu-lhe a notícia. No sofá, minha mãe transformou-se novamente no animal indefeso de mãos imensas e gritos de desespero. O grito percorreu todos os corredores limpos e lisinhos do hospital. E ainda hoje acorda-me no meio da noite.

A morte da irmã trouxe-me um desajeitado abraço de meu irmão. O único de que tenho lembrança. Um encontro de corpos silenciosos. Um encontro seco e abrupto. Os seus braços me envolveram, tentando dizer que ainda restava algo. Não sabíamos muito bem o quê. Nem no momento dos gols do nosso timinho de infância nos abraçávamos. Ele, goleiro. Eu, atacante. Acho que desde sempre nos mantivemos a uma distância insuperável. Adulto, resolvi virar zagueiro para, quem sabe, rondar-lhe os passos. Mas já era tarde. Nunca mais jogamos futebol juntos. E quando o fizemos, os silêncios e as diferenças já tinham construído entre nós um muro muito mais sólido que o dos cedros atrás do gol infantil.

Olhava minha irmã entre aquelas flores (seriam crisântemos?) e via apenas a pequena, mas visível, cicatriz a lhe pintar a testa. Nunca pedi desculpas. A juventude ainda a rondava. Era questão de tempo. Numa parede de concreto cinza a colocaram. Havia muitos outros a lhe fazer companhia. Não havia nenhum cedro por perto. Nunca mais voltei ao cemitério, mas era preciso fazer algo.

Nunca vou entender por que você fez aquilo, pai. Talvez tenha uma explicação. Você encobrindo aquele corpinho de criança. O que ela fez para merecer a tua ira, o teu castigo? Era só uma criança, quase um bebê. Agora, é esta maldita lembrança que não me deixa em paz. A massa disforme no paiol, o amontoado ofegante sobre as ripas empoeiradas. Às vezes, não acredito que aquele era você, mas logo entrevejo o teu olhar sobre os ombros magrelinhos dela. Havia brasa nos teus olhos, uma fogueira aquecendo o próprio corpo. Você se banqueteou. Aquele que peca é do demônio, porque o demônio peca desde o princípio. Árvore de fim de outono, sem fruto, duas vezes morta, desarraigada. Onda furiosa do mar, que arroja as espumas da sua torpeza. Eu fugi, pai. Não aguentei até o fim. Teria fim? Corri feito os porquinhos condenados à morte em nosso terreiro. Havia sol e escuridão. Trombei com o irmão no meio do caminho. Não disse nada. Nunca disse nada. Está preparado para a perene companhia do demônio?

23.
Agora, somos dois. Você engoliu toda a amargura, toda a tua desgraça. Quando cheguei ao hospital, o médico lamentou a impossibilidade de salvá-la. A quantidade de veneno seria suficiente para matar uma família inteira. Por que agora? Depois de um tempo, imaginei que, de alguma maneira, tivesse cicatrizado. Mas a ferida continuava ali, escancarada, sangrando o desespero daquela tarde. Vi o pavor em cada movimento do irmão ao abandonar o paiol. O que eles fizeram contigo? Estou sozinho aqui na cozinha. Logo, a mãe começará a escolher o feijão, a retirar os ciscos, a limpar o que é possível. O pai continuará no quarto, imóvel. Para sempre na mesma posição. O chiqueiro não é mais necessário. O grito agônico do porco ronda

a casa abandonada. O irmão não está mais aqui. Foi necessário levá-lo para longe, afastá-lo da mãe, do pai, de tudo isso. Você nunca mais ocupará a cadeira ao meu lado à mesa. Será fácil esconder o motivo da tua morte. A mãe não entenderá nada do laudo. Ela confia em mim, em tudo o que digo. A leitura dela, você sabe, não vai além da Bíblia. Pobre mãe, a acreditar naquilo tudo, nas palavras sagradas, no corpo de Cristo, na remissão dos pecados, na vida eterna, no Paraíso, no Céu, no inferno, em Deus, no demônio, em Adão e Eva, no princípio, no fim, em todos os pecados do mundo, na salvação eterna, na eternidade plena, sentada à direita de Deus Pai, todo-poderoso. Não pretendo contar nada. Pelo menos não agora. Ela não aguentaria saber como tudo aconteceu: a tarde no paiol, o pai, a tua morte. De que nos servirá a verdade?

24.
Nascemos amaldiçoados. Uma maldição caseira. A tapera de fendas obscenas insinuava que ali a felicidade demoraria a chegar. Ou nunca ousaria ultrapassar os limites dos pés de milho, mandioca e feijão. A velha não nos olhava, preferia os porcos que engordavam com dificuldade soltos no terreiro. A cada parto, nas ranhuras da terra esquecida, ouvia-se a maldição: "Nasceu mais um diabinho". Fomos três pequenos demônios a rasgar a carne tenra, saudável e sagrada da mãe.

Quando o pai disse que a avó viria passar uns dias em C., senti medo e raiva. Após a chegada, sentiria também pena e desejo de vingança. Até o dia em que ela seria depositada no caixão e lançada à terra para sempre. Tínhamos a companhia de samambaias e azaleias. Estropiávamos os dedos chutando a bola de plástico no terreiro. Não éramos vermelhos, não tínhamos rabo e, tampouco, chifres. A maldição parecia ter falhado. No fim, acredito, ainda tentará nos alcançar. Eu nunca quis encará-la. Durante três dias, revirei-me na escuridão. Lá fora, uma tempestade. Minha mãe queria dar-me à luz. Cheguei em meio a trovões, relâmpagos e um maldizer. Da parteira, não sei o nome. Não havia energia elétrica, a água vinha da serra ou do açude. Espíritos nos rondavam. Quando, enfim, abandonei o corpo lasso da mãe, a voz estridente da avó paterna me amaldiçoava. Às vezes, ainda rezo antes de dormir.

Feito um fantasma, você chegou. Não nos pediu licença. Trouxe quase nada. Uma mala desprezível abrigava as roupas para um breve descanso. O derradeiro. O que você teria para trazer? O que teria para nos oferecer? Não tínhamos esquecido a maldição. Ninguém esquece. Mesmo longe daquele mundo a esfacelar-se, neste alvoroço, com apenas um porco no chiqueiro atrás de casa, impossível esquecê-la. Somos maldição a zanzar pela cidade grande. Já viu um boi perdido numa avenida movimentada? Aqui, é comum um cavalo amanhecer destroçado embaixo de um poste. Lugar estranho, sei. Não há pés de milho, mandioca ou feijão. Os terreiros são de concreto. Difícil construir o búrico para o suicídio das bolinhas de gude. Somos outros. Você não entenderá. Você, serpente fora do hábitat. Não, eu não esperava um beijo da tua língua bífida ou um abraço de tentáculos e garras. Nunca esperamos isso de você. Da sua boca, somente o escarro. O escárnio. Nas noites de assombração, o intermitente ronco da morte em você. Foi um trabalho lento, de faca sem fio, destruindo-lhe cada pedacinho envelhecido e estraçalhado pelo distante abandono. Mas a maldade não se apagava do olhar. Quieto, no quarto dividido com o irmão, acompanhei cada segundo que lhe restava. Sabíamos que seriam poucos. Temia a sua companhia tão próxima, no cômodo ao lado, sufocando no mergulho noturno. Éramos zumbis à espera do fim. Logo cedo, a cuia de chimarrão, o cigarro de palha, o barulho dos pulmões, num esforço insano para lhe dar mais alguns golpes de vida. Uma fábrica às bordas da falência. Em volta do fogão a lenha, você começava o dia — os seus últimos dias —, após agonizar a noite toda na cama que lhe emprestamos. Acolhemos o seu fim. Ver o inimigo tombar diante de nós não nos causava nenhum prazer. Sabíamos que a morte não decretaria nunca o seu desaparecimento. Já fincara as presas que desenharam em nós um mapa de perdição. Deveríamos abandoná-la? Não era necessário. Você partiu sozinha e esquecida. O avô partira muito tempo antes. Por que nunca nos contou nenhuma história dele? Ele bebera até transbordar. A morte lhe chegou cedo demais. Carregava um incêndio nas tripas. Morreu incinerado numa valeta. Não me lembro do seu rosto. Poucos pedaços dele nos foram relegados. Até mesmo o sobrenome você nos roubou. Queria que levássemos — para o inferno? — apenas a sua marca, a sua herança. Imagino você no cartório registrando os dois filhos somente com as pegadas da sua família. Quem era a sua família? Nós? De um dos seus filhos, recebi este sobrenome, vindo das suas mãos. Carrego esta cicatriz que, se não a renego, pertence-me apenas pela metade — animal leproso vagueando. Não lembro do dia em que partiu. Recordo-me apenas que fomos de ônibus ao hospital na periferia de C. Estranho vê-la naquele lugar asséptico e branco. Tudo ali contrastava com o seu corpo cadavérico, acobreado e inerte. Não nos restou nenhuma fotografia na parede. Talvez em alguma gaveta. Onde a enterraram? Também não sei. Não visitamos o seu túmulo. Não por vingança ou descaso, mas por medo. Talvez você esteja na cozinha nos observando. Esta casa ainda existe. Parte de nós a habita. No lugar do fogão a lenha, um a gás tirou um pouco da vida que circundava as panelas da cozinha. O seu provisório quarto também está lá, transformado em depósito de entulhos inexistentes. A casa e todo o resto se acostumaram à morte. Outras passaram por ali. Houve lamentos e gritos de desespero. Sei que contigo foi diferente. Não foi nossa culpa. Nesta maldição não há culpados.

Agora, diante da mãe, a mesa repleta de fantasmas e histórias. Na lápide, meu nome será igual ao dela.

— Três dias contigo se debatendo dentro de mim. Senti tanta dor até o teu choro preencher o vazio da casa. Não queria me abandonar, filho?

25.
Na jaula de taquara, o corpo em formação, o demônio se debate — cauda, guampas, capa, cetro pontiagudo —, expande-se à espera de uma brecha para escapulir, ganhar a diabólica liberdade e infestar o mundo com o enxofre a borbulhar de suas ventas. É preciso estar atento, andar na linha, obedecer aos pais, rezar antes de dormir, temer a Deus, nunca baixar a guarda. Ou, então, contar com a sorte.

Lembro de ti, passarinho. Sabiá do peito vermelho. A majestade do matagal ao redor de casa — a nossa floresta negra, intransponível nos sonhos de menino. De onde alguma visagem nos observava à espera de um deslize. Éramos vigilância, receio e empáfia: mistura para o antídoto contra nossos medos. Ali, caçávamos. Setra em punho, pedras no embornal, mira afiada em latas de azeite sobre o muro dos vizinhos. Éramos caçadores impiedosos, o sangue se agitava nas veias. Vulcões à espera da erupção, derramaríamos a lava sobre tuas penas, tuas e de teus companheiros. As batalhas consumiam os dias. Extenuados, mas felizes, regressávamos à casa com o cheiro de pena e sangue impregnado nas mãos. Dentro de nós, o diabinho remexia-se. Temia libertá-lo. A avó tinha razão. A maldição caseira enfim nos alcançara.

Naquela manhã, não resisti. Avistei de longe, no carreiro que nos levava às armadilhas, a arapuca maior desarmada. Não era minha. O verdadeiro dono, meu primo, tomara outros caminhos na caçada. Corri ao teu encontro. Lembra? É claro que lembra. Ninguém esquece a morte entrando pela garganta. Você, sabiá orgulhosa, na prisão de bambu. Gorda, olhou-me com curiosidade, logo transformada em ódio e desprezo. A maciez das tuas penas ainda está em mim. Sempre que vejo um pássaro da tua espécie, lembro-me dos teus últimos segundos a implorar uma clemência que nunca veio. Ao meu lado, o pequeno demônio, libertado enfim de minhas escuridões, atiçava-me: eu, um urubu a destrinchar a carniça viscosa, a lamber os beiços diante do prato transbordante de vermes.

Caçar passarinho exige paciência e astúcia. Quanto mais sagaz diante do pequeno alvo, maiores são as chances de atingir o peito ou a cabeça. É preciso medir com esmero a distância, a força ao esticar a atiradeira, o tamanho da pedra. Compaixão pelo pássaro é sinal de fraqueza. É preciso matar com gosto e sem dó. O bom caçador sabe que as portas do inferno sempre lhe estarão abertas. Tudo começa na escolha dos materiais: um bom galho em forma de V para o cabo, onde serão fixados as tiras de borracha e o couro. O tamanho e a capacidade de tensão da borracha dependem do gosto de cada um. Mas é preciso que tenha potência suficiente para matar uma pomba gorda. Ou, no mínimo, transformá-la numa massa de pena e sangue incapaz de alçar voo. Todo caçador, além de matar, precisa destruir as virtudes do pássaro.

Sempre fui um caçador por sobrevivência. Entre prédios que despontavam em C., mantínhamos as heranças da roça. Negávamos a todo custo uma urbanidade imposta pelo pai. Ao chegar em casa com o embornal cheio, a mãe gritava: "Já pro tanque com esses bichos". Lá, depenava-os com dedicação. Nus, expunham um corpo, muitas vezes esquelético, sem grandes porções de carne. Meus passarinhos eram pele, osso e arrependimento: uma geometria que, naquela época, não me causava engulho nas tripas que aprisionavam o canhim. Depenados, a tesoura de costura da mãe abria-lhes a barriga. Um corte firme a partir do ânus até o pescoço. Na torneira do tanque, devastava a pança dos bichinhos. Alguns ainda guardavam restos frescos de sementes. Em seguida, jogava-os na panela sobre o fogão a lenha, juntamente com a carne do dia. Minha recompensa borbulhava entremeio a coxas e asas de frango.

    Roubei-a da arapuca. O coisa-ruim de patas bifurcadas revolvia-se, cutucava-me: mate-a. Na encosta, antes de chegar em casa, você espremida entre os dedos, depositei-a no clarão aberto pela hoste de caçadores sanguinários. Era proibido matar os passarinhos capturados na arapuca. Iam direto para a gaiola: prisioneiros de guerra à espera da sentença. A morte estava destinada aos que nos desafiavam da altura dos galhos. Estes, o baque fofo da pedrada no peito levava-lhes ao silêncio e à panela. Não só roubei, como envergonhei o código de conduta dos caçadores. Tudo guiado pela perfídia do grão-tinhoso oculto. Você olhava-me em desespero, lembro. Como esquecer, se eu tecia a morte com habilidade de artífice? Segurava-a com a força necessária, medida. Era, sim, um exímio arquiteto da morte. Sopesava o ódio e o tempo necessários para o aniquilamento. O olhar de desespero, aos poucos, transformou-se em fúria e indiferença. Tentava me dizer que estava preparada para o fim. Éramos um só corpo, irmanados pelo desejo de se extinguir. Uma briga demasiado desigual. Suas pequenas asas sufocadas pelos meus tentáculos, dirigidos pela astúcia do dianho. Libertado da escuridão do meu corpo, regia a orquestra de canhestra sinfonia. Você, sabiá do peito vermelho, timoneiro me levando pelo vale de lágrimas. Em transe, recebi aquele graveto das patinhas bifurcadas ao meu lado. Uma faca pronta para eviscerá-la. Não iria destrinchá-la a partir do ânus até o pescoço. Não. Queria encará-la até o último gesto. Não tinha pressa. O arfar das penas vermelhas acariciava minhas patas monstruosas. Admito: era gostoso sentir o teu medo me acariciando. Eu, o guia do teu destino. Lentamente, obedeci: matei-a com a mesma crueldade com que encontrei o pai dormindo, à minha espera, no quarto. A mão esquerda a pressioná-la na terra, enquanto a direita executava o golpe final. O maestro da morte transformava a batuta em espada. Quando o graveto furou-lhe o pescoço fino, você se retesou, debateu-se, esticou-se toda antes de se aquietar para sempre. Em mim, um animal descansava, exausto, satisfeito, saciado.

Na extensão do teu bico, a face da avó me sorria. O pai me encarava no paiol de milho. Um ensaio para o que me esperava no quarto dele.

Não volte. Não há mais nada a fazer. O que tinha de ser feito, eu fiz. Estamos bem. A mãe logo saberá de tudo. Você não é culpado. Todos somos. Cada um à sua maneira. Até mesmo a mãe carrega um pedaço de culpa. Eu não vou buscá-lo. Fique aí nessa guerra que inventamos para você. Desisti de trazê-lo de volta. Não terei forças para cuidar de você. A mãe quer o seu retorno. Ela ainda não sabe de nada. Mas essa guerra é o teu lugar. Será sempre o teu lugar. Eles me garantiram que cuidarão bem de você. Fique bem, meu irmão. Não se preocupe com os combates. Logo acabarão. Eles sabem como acabar com tudo. Não envie mais cartas ao pai. Ele não responderá. Agora, é impossível qualquer palavra. A culpa é de todos nós.

26.
— Mãe, todos foram embora. Eu tentei, mas não dependia de mim segurá-los aqui. Nunca fui um forte. Um fraco até para sustentar a caneca do café. Lembra-se dos cacos no chão? Lembra-se de algo que fomos? Lembra-se, mãe? As lembranças são apenas uma forma de esquecimento. Li isso em algum lugar, talvez naquela pilha de livros ali no quarto. Para que tanto livro?, você me perguntou. Lembra-se? Nunca soube responder. Nunca respondemos nada um para o outro, apenas aumentamos as nossas dúvidas. Os livros serão levados para algum lugar, quando tudo isso acabar, quando resolvermos tudo. Sei que tudo sairá bem, não tenho medo, talvez uma ansiedade pelo fim. Quem os lerá?, às vezes me pergunto. Pouco importa, já não mais me

pertencerão, assim como tudo isto aqui — a casa e os silêncios. Sabe, mãe, tenho medo de barulho, sempre tive muito medo dos caminhões na estrada de chão; lembra-se da galinha branca e gordinha atropelada, as vísceras misturadas ao pó? Aquilo me deu um dó danado daquele nosso mundo tão pequeno, resumido a uma casa e a um açude de lambaris. E nós tínhamos muito amor por aquela galinha. Precisamos cuidar da vida daqui por diante. Agora, já está feito. Era necessário. Nunca conseguiríamos viver com aquilo, aquele fantasma, aquela culpa. A tua fé me perdoa, mãe? Me perdoa? Eu preciso do teu perdão. Ele já não importa mais. Acho que nunca importou. Trouxe-nos para cá, para este lugar em que aprendemos a viver, mas que será para sempre nosso túmulo. Luto contra a tempestade que entrou pela porta da frente da casa. Percorreu todos os cômodos, deixando um rastro sem fim. Perco-me em sua incompreensão e aquieto-me a um canto. O silêncio da noite entra pela casa. O trovão não consegue calar a morte. O relâmpago ilumina a sua cara. A escuridão nos observa. O chiqueiro foi destruído, calcinado. Quando descobrirem, eu também não estarei mais aqui, mãe. Restará apenas um — apenas você. Nada mais. Enfim, nossa história estará completa.

Agradecimentos

[1ª edição, 2013, Cosac Naify]

A Antonio Carlos Viana (em memória), a Luís Henrique Pellanda e a Luiz Ruffato pela generosidade da leitura crítica. E a Cristiane Guancino, que me amparou nos bons e maus momentos deste livro.

[2ª edição, 2023, Dublinense]

A toda equipe da Dublinense pelo entusiasmo, pelo profissionalismo e pelo cuidado gráfico nesta edição comemorativa de dez anos.

Copyright © 2013 Rogério Pereira

CONSELHO EDITORIAL
Eduardo Krause, Gustavo Faraon, Luísa Zardo,
Nicolle Garcia Ortiz, Rodrigo Rosp e Samla Borges
PREPARAÇÃO
Samla Borges
REVISÃO
Clarissa Growoski e Rodrigo Rosp
CAPA E PROJETO GRÁFICO
Luísa Zardo
FOTO DO AUTOR
Renata Sklaski

**DADOS INTERNACIONAIS DE
CATALOGAÇÃO NA PUBLICAÇÃO (CIP)**

P436n Pereira, Rogério.
Na escuridão, amanhã / Rogério Pereira — 2. ed.
— Porto Alegre : Dublinense, 2023.
128 p. ; 19 cm.

ISBN: 978-65-5553-100-8

1. Literatura Brasileira. 2. Romances
Brasileiros. I. Título.

CDD 869.937 • CDU 869.0(81)-31

Catalogação na fonte:
Eunice Passos Flores Schwaste (CRB 10/2276)

Todos os direitos desta edição
reservados à Editora Dublinense Ltda.
Porto Alegre • RS
contato@dublinense.com.br

Descubra a sua próxima
leitura em nossa loja online

dublinense .COM.BR

Composto em TIEMPOS e impresso na BMF,
em PÓLEN BOLD 90g/m², em AGOSTO de 2023.